ENTRE TOUTES

FRANCK BOUYSSE

ENTRE TOUTES

roman

ALBIN MICHEL

« Un roi chantait en bas, en haut mourait un dieu. »

Victor Hugo, « Booz endormi »

« Si je parle de tant de personnes que je n'ai pas connues, d'événements que je n'ai pas vus, qui ne me sont pas arrivés à moi-même (...), c'est que tout cela je l'ai entendu dire et redire depuis le plus jeune âge : cela fait partie de mes souvenirs, même si cela remonte à cent ans et plus avant ma naissance. Et ce que j'ai vu, toute petite, j'en ai un souvenir vrai, une image qui n'a pas varié. »

Marcelle Delpastre, *Les Chemins creux*

« Je crois que sans eux, je ne serais pas la personne que je suis aujourd'hui, peut-être que sans eux ma vie n'aurait pas été plus qu'une esquisse imprécise, une promesse comme tant d'autres promesses qui ne dépassent pas ce stade, finalement l'existence de quelqu'un qui aurait pu avoir été et qui n'est pas arrivé à être. »

José Saramago,
discours de réception du prix Nobel

Nous sommes la multitude de noms gravés sur les pierres tombales, faits de la même matière que celles et ceux qui ont foulé la terre avant nous. Nous sommes faits des mêmes élans, des mêmes immobilités, des mêmes rires, des mêmes chagrins, des mêmes pesanteurs, des mêmes états de grâce, des mêmes unions, des mêmes arrachements, des mêmes éclaircies, des mêmes brumes, des mêmes doutes, des mêmes espoirs. Nous sommes ce que d'autres ont été, ceux qui nous ont conçus, dans la vallée du Grand Rift, dans les profondeurs des grottes, avant le feu, avant les mots. Nous tournons en rond. Nous répétons les gestes et seule notre voix nous donne l'illusion d'être singuliers. Nous n'avons rien appris, nous n'apprendrons jamais rien. C'est ainsi. Les ombres nous devancent et nous n'y pouvons rien.

Marie est partie une nuit de février, un jour avant son quatre-vingt-huitième anniversaire, sur un lit d'hôpital, à une quarantaine de kilomètres de la ferme des Vieilles Granges, sur la commune des Herbiers où elle avait toujours vécu, là où elle aurait souhaité mourir. Le cachet de trinitrine glissé juste à temps sous sa langue prolongea sa vie de quelques heures. Elle eut au moins le temps de rassurer ses proches, de dire adieu à sa manière, *Ne vous en faites pas, c'est pas pour tout de suite, j'en ai vu d'autres.* Tout le monde y a cru, ou a fait semblant d'y croire. Moi, j'y ai cru.

Elle redoutait de devenir un poids. *Quand ils sentent la fin proche, les animaux se cachent et meurent en silence, ils n'embêtent personne avec les tracasseries de la maladie, de la vieillesse*, m'avait-elle confié un jour, sûrement à dessein. Elle ne souhaitait rien d'autre qu'en finir discrètement, ainsi qu'elle avait vécu.

La veille au soir, je lui avais apporté des enregistrements de romans du terroir, qu'elle écoutait sur son petit magnétophone à cassettes, car elle n'y voyait plus à son aise pour lire, c'était son expression. Après s'être nourrie de classiques dans sa jeunesse, elle aimait désormais que des auteurs de la région l'aident à visiter sa mémoire. Je la trouvai alitée, comme souvent depuis plusieurs semaines. Elle m'accueillit avec un grand sourire, ce sourire que je lui ai toujours connu, offert à tous, sans distinction, au familier comme au visiteur. Elle ne ménageait pas l'effort qu'il devait bien lui en coûter parfois. On l'avait éduquée ainsi, à ne pas dévoiler l'envers du décor. Rester digne en toutes circonstances. Il dut pourtant lui arriver de pleurer en cachette, seule dans son lit, au plus profond de la forêt, dans l'étable, sur les brins de foin qu'elle jetait dans les mangeoires, je n'en sais rien. J'imagine. Qu'importait l'endroit, pourvu que nul ne la regarde.

Du plat de la main, elle avait tapoté le matelas, *Assieds-toi, mon grand !* Elle m'avait remercié en ouvrant chacun des coffrets contenant les cassettes audio dont je ne me souviens plus les titres ni les auteurs. On avait ensuite discuté de la tempête qui venait de ravager le pays. Elle en avait été profondément affectée. Avec le recul, je crois que c'est ce qui l'a tuée. Elle craignait peu de choses, la fureur des éléments en était une. Elle y voyait de terribles présages, en plus des dégâts considérables occasionnés, comme si le ciel faisait payer aux hommes leur inconséquence, leur manque d'humilité, et souvent leur folie. D'un seul coup, elle s'était sentie fatiguée, son visage avait pâli. Elle avait besoin de se reposer, je pourrais revenir le lendemain poursuivre notre discussion. Son cœur vacilla à ce moment précis. Elle eut la force de désigner du doigt le pilulier posé sur le chevet.

Deux jours plus tard, elle quittait ce monde, qui avait tant changé depuis 1912, date de sa naissance, un monde auquel elle ne comprenait plus grand-chose. Elle avait vécu de loin les grandes révolutions technologiques, politiques et idéologiques. Elle aurait aimé faire de même avec les guerres. Elle s'en alla donc, avant l'avènement du numérique, avant que l'homme ne cède la place à son image. C'était il y a plus de vingt ans, en plein hiver.

Marie n'aimait pas l'hiver. Elle craignait pourtant davantage la chaleur que le froid. L'hiver, c'est la saison du repos de la nature et par extension des humains. Une saison durant laquelle ils se sentent coupables de moins travailler, le sentiment de commettre un crime envers ceux de leur condition, les vivants et les morts. On est bien obligé de suivre le ralentissement du mouvement, par la force des choses. Et puis, en hiver, tout comme les végétaux et les animaux, on perd l'appétit de la lumière. On en vient à dresser des bilans. On constate que le mauvais se tient au premier plan, que le bon reste timidement à l'arrière. On n'a pas d'efforts à faire pour que le mauvais attrape notre esprit, le bon, ça demande de la concentration. L'oubli guette le bon, le mauvais, jamais.

J'ai longtemps hésité avant de me décider à parler d'elle, à témoigner d'une époque que je n'ai pas vécue. Mais après tout, pourquoi pas. Pourquoi ne pas raconter son histoire, une histoire, à ma façon, même si je n'en connais que des bribes, même si je mentirai parfois. Il n'y aura personne pour m'en faire grief, à part Marie, d'un air goguenard, dans les allées de mon esprit. Je sais qu'elle ne m'en voudrait pas de la grandir un peu, de lui faire un habit lumineux, à sa mesure, avec des haillons de souvenirs.

Me voici prêt à l'accompagner dans sa traversée du XXe siècle, jusqu'à ce qu'elle échoue sur le rivage du suivant, par arrêt de son cœur, ce cœur qui menaça cent fois de tirer sa révérence, et qui repartit cent fois, moins une. En bien des occasions, elle souhaita certainement qu'il lâche, quand le malheur tirait trop sur la corde, que ses bras semblaient trop faibles pour la retenir, et qu'elle était alors tentée de la laisser filer au fond du puits des âmes chères. Elle n'en montra jamais rien.

La chance poussa rarement la porte de sa maison. Lorsqu'elle en eut un peu, durant ces rares instants, elle ne misa pas dessus pour la faire fructifier et en fit simplement réserve pour les heures de disette. Elle accommodait à sa manière les restes de bonheurs accrochés à ses souvenirs, plutôt que de suivre une recette dans un livre de cuisine. Toute la différence entre une prière piochée dans une bible et une autre improvisée par un cœur certes fragile.

Jamais elle ne se posa de questions concernant le sens de sa vie, trop accaparée qu'elle était par les travaux de la ferme, les tâches ménagères et l'éducation des enfants. Elle s'arrêtait parfois, volant un peu de temps à l'ordonnancement de sa journée, contemplant telle ou telle forme de beauté qu'offrait la nature. Elle était capable de s'émerveiller, de débusquer toutes sortes de petits miracles, que la plupart des gens trouvent souvent insignifiants. Marie possédait cette faculté, ce don. Elle ne croyait pas en un créateur universel, mais elle avait le goût du sacré qui l'aidait à endurer son existence, à poursuivre son chemin sans devancer l'appel, ni même le souhaiter, du moins ouvertement.

Bien sûr, je le répète, tout ne sera pas vrai dans ce que je m'apprête à écrire. Il y aura beaucoup de *peut-être* au cours de ce récit, peut-être trop. Peu importe, j'en ferai mon affaire, j'en ferai mon intime. J'éclairerai les ombres avec ce que je crois, moi, et nul autre que moi. Ma propre mémoire a travaillé la sienne et celle de ceux qui l'ont connue. Mon penchant pour le romanesque et la tragédie assoira sa légende. Une flamme vacillante vaut mieux que pas de flamme du tout. Maintenant que j'ai décidé de vous parler d'elle. Vous parler de Marie, dont le nom s'est perdu au jour de ses noces.

Le souvenir de la mère s'incarne dans une odeur, une odeur de paille torréfiée mêlée à celle de la sueur. Dès sa naissance, Anna transporta Marie partout, accrochée à son dos par un drap. Quand elle ne dormait pas, la fillette écoutait les sons environnants, observait, en reniflant le chapeau qui couronnait en toutes saisons la tête de sa mère. Un de ces modèles bombés en paille ressemblant à un casque colonial. Cette fragrance suivra Marie toute sa vie, aussi importante que celle du lait bu au sein maternel, puis plus tard, dans un bol, matin et soir, avec des bouts de pain trempé, des châtaignes blanchies, deux morceaux de sucre, et cela jusqu'à la fin, ou presque. Les odeurs imprègnent l'espace, les images, le temps. L'espace ne nous trahit jamais, le temps, toujours. Les odeurs dérivent dans l'espace pour nous revenir intactes, les images s'effacent souvent au profit de nouvelles, plus chatoyantes, plus trompeuses.

L'enfant était en quelque sorte une extension de sa mère, un petit être siamois babillant, incrusté à la colonne vertébrale d'un corps d'adulte. Il participait à tous les travaux, intérieurs, extérieurs, à toutes les conversations. Les mots lui parvenaient aussi facilement que le tchac-tchac de la binette, le hennissement du cheval de trait, le meuglement des vaches et des bœufs, le caquètement des poules. Les mots, ils recélaient plus de mystères que les bruits du quotidien, jusqu'à ce qu'elle découvre leur sens et les moyens de les rendre vivants, d'abord par sa bouche, puis grâce à une plume Sergent-Major plongée dans l'encrier.

De son perchoir, Marie voyait la terre, la dominait. Elle pensait alors qu'il en serait toujours ainsi, qu'elle n'aurait jamais à craindre ses dangers et le travail inhérent à son entretien. Chaque pas que faisait Anna, elle le faisait aussi pour sa fille, enjambant les flaques, évitant les obstacles. Voilà probablement la raison pour laquelle Marie se décida à marcher tardivement, à presque deux ans. Pourquoi l'aurait-elle fait avant ? Sa mère remplissait ce rôle à merveille. Il fallut pourtant bien descendre un jour sur terre, l'arpenter sans faillir ni se plaindre du mal qu'elle donnait. La terre est jeteuse de sorts, c'est elle qui édicte ses lois.

La mère serait donc incarnée par une odeur, le père par un visage. Un beau visage aux traits fins, qu'il rasait tous les matins avec du savon à barbe, de l'eau de pluie récoltée dans une vasque en pierre et un coupe-chou aiguisé sur une lanière de cuir. Un visage triste, muet, figé en une seule expression, le seul visage qu'elle lui connaîtrait. Louis était grand, musclé, aguerri à tous les travaux de la ferme. Rien ne lui faisait peur. La peur, il l'avait dépassée dans les tranchées de la Somme. Il ne l'avait jamais apprivoisée, elle lui était indifférente, sans fondement, sans plus aucun enjeu.

Louis avait assisté aux premiers pas de sa fille, un mois avant que la guerre ne l'arrache au socle familial qu'il avait cru immuable. Il n'avait jamais pris part à la liesse populaire accompagnant le départ des soldats. Pour Louis, des fleurs accrochées au bout d'un canon, ça n'avait aucun sens. Elles aussi, les fleurs, on les avait arrachées à la terre pour les suspendre à un objet de mort, croyant ainsi la conjurer.

Il n'était revenu pour sa première permission que quatorze mois après la mobilisation générale, un peu amaigri, mais sain et sauf. Il ressemblait en tout point à celui qui était parti. À l'intérieur, il n'était déjà plus le même. Marie avait eu un mouvement de recul en voyant cet homme livide, qui ne savait comment s'y prendre avec elle. Anna ne reconnaissait pas le mari qui l'avait quittée en larmes un jour d'août, celui qui souriait en toutes circonstances, et qui ne souriait plus.

Louis était reparti neuf jours plus tard, neuf jours pendant lesquels il avait essaimé son mal-être aux quatre coins des Vieilles Granges.

Les années suivantes, il revint au moment des foins et des moissons. Il restait plus longtemps que lors de sa première permission, espérant en secret que le conflit prenne fin en son absence.

Les départs étaient chaque fois plus douloureux. Ce que Louis réapprenait au contact de sa femme et de sa fille, il fallait qu'il l'oublie dès l'instant qu'il reprenait la route. Anna aussi s'efforçait d'oublier sa présence, ne sachant pas si elle le reverrait, ni qui elle retrouverait s'il revenait l'année suivante. Marie était trop petite pour concevoir l'idée de la guerre. On la préservait en racontant que son père repartait en voyage. Quinze jours à trois semaines ne suffisaient pas à habituer la gamine à ce type, qu'on l'obligeait à appeler papa. Il n'avait pas d'existence réelle, n'était que de passage. Ça n'aurait rien changé à la vie de la fillette qu'il ne revienne jamais, qu'il meure loin des Herbiers. À la ferme, la vie se déroulait très bien sans lui. Sa mère suffisait à Marie. Elle au moins ne l'abandonnerait pas. Seuls les pères pouvaient abandonner leur famille sans raison valable, les mères, jamais.

Et puis, comment faire confiance à quelqu'un qui n'était pas capable de dire au revoir en regardant sa propre fille dans les yeux ? Quelqu'un qui préférait partir en voyage, se rendre en un lieu alors inconcevable pour elle, un lieu trop éloigné de l'amour.

Marie avait six ans quand sa mère lui avait annoncé que son père revenait définitivement, qu'il ne partirait plus jamais. Elle n'accueillit pas la nouvelle avec bonheur. L'équilibre instauré de longue date avec sa mère allait être rompu par cet homme, ce *papa* qui s'apprêtait à reprendre une place qu'il n'avait jamais eue.

Louis gardait les mots à l'intérieur, par crainte qu'il s'en échappe de terribles dont il voulait préserver sa famille. La guerre était en lui, les scènes de massacres étaient en lui, n'en sortiraient jamais. Une balle lui avait emporté l'oreille gauche et rongé l'âme entière. Il n'était pas un cas particulier. Devenue plus grande, comme son père ne répondait jamais à ses questions, Marie interrogerait d'anciens combattants du village pour savoir ce qu'ils avaient enduré. Ils accueilleraient invariablement les questions par un même regard fiévreux, le même désir de disparaître, la même impossibilité à révéler, à oublier. La guerre les avait rendus muets, plus pauvres en expériences communicables. Ils avaient certes trouvé la sortie d'un enfer, mais les démons avaient suivi leurs traces. Ils espéraient que leur silence les tiendrait à distance.

Marie comprendrait plus tard la raison profonde de ce silence, à l'école, d'abord de la bouche de l'institutrice. Enterrés vivants, les soldats n'avaient accès à l'horizon que pour courir au-devant d'une balle ou d'un éclat d'obus. Rendus sourds par les détonations, les explosions et les cris des mourants, ils savaient que leurs voix ne porteraient jamais par-delà ce tumulte, que leurs paroles ne seraient jamais à la hauteur de l'immonde expérience vécue, qu'on ne les croirait même pas. Et par-dessus tout, ils n'imaginaient pas que des mots puissent rendre compte de cela.

Des trois frères d'Anna, un seul en était revenu. Émile était le dernier-né. Il n'était jamais allé au front. Il préparait les repas à l'arrière, afin que ses camarades ne meurent pas le ventre vide. Aucune famille des environs n'avait été épargnée. Même les hommes en apparence complets avaient été amputés d'une part de raison, quelquefois même de la totalité. Il fallait pourtant bien les recueillir, ces fils, ces maris, ces pères, ces amants, qu'en secret on aurait souvent préféré pleurer une bonne fois pour toutes et honorer le jour de la Toussaint, avec un chrysanthème mordoré. Conserver l'image de celui qui avait quitté la maison la fleur au fusil et le sourire aux lèvres, pour ne pas vivre avec un revenant.

À son retour, Louis pensait que la guerre lui avait pris tout ce qu'il était possible de lui prendre. Il se trompait. Dans les jours qui suivirent, il fut atteint d'une forte fièvre. En plus de l'horreur, il avait ramené la grippe espagnole du front, comme beaucoup de soldats à cette époque. Marie et Anna en réchappèrent, elles n'eurent pas le moindre symptôme. Louis demeura alité plusieurs semaines. Il survécut. Ses parents furent contaminés et moururent tous les deux. Le malheureux en éprouva une immense culpabilité qui ne fit qu'ajouter à la douleur qui le détruisait en silence.

Dès lors, ce n'était pas seulement une infinie tristesse qu'on pouvait lire dans ses yeux, mais une absence globale au monde. Il était aussi absent de sa vie. La seule parade qu'il avait trouvée pour préserver sa famille de son propre effondrement.

On disait des survivants qu'ils avaient eu de la chance de ne pas perdre la vie. Louis avait perdu bien plus que la vie, il avait perdu sa foi en l'humanité et par là même toute raison de vivre. Il continuait pourtant de faire face aux travaux du quotidien, pour sa fille unique, pour sa femme qui voulait encore croire en lui.

Avant la guerre, Anna et Louis aimaient faire l'amour, ils étaient attentifs au plaisir de l'autre. Désormais, Louis trouvait sa femme toujours aussi belle, mais il ne la désirait plus. Son propre corps le dégoûtait. La sensation de puer la charogne, le sentiment que s'il pénétrait sa femme, il lui transmettrait la mort. Quand elle retirait ses vêtements avant de se coucher, il se retournait contre le mur et se recroquevillait sur lui-même.

Anna fut patiente. Parfois elle enveloppait le sexe de Louis dans sa main et le faisait aller et venir. Il se laissait faire, sachant pourtant qu'elle ne parviendrait jamais à le dresser. Un soir, elle tenta des choses qu'elle n'avait jamais faites. Il la repoussa vivement. Anna se mit à pleurer. La voyant tellement désemparée, Louis la prit dans ses bras, lui demandant pardon. Il n'avait pas à demander pardon, ça ne signifiait rien, le pardon. Ce qu'elle voulait par-dessus tout, c'était le sentir en elle, sentir la vie enfler et jaillir dans son ventre, redevenir femme, sa femme. S'il lui parlait enfin, s'il se libérait, peut-être que tout rentrerait dans l'ordre. Il devait essayer, pour elle, pour eux, et si ça ne marchait pas, ils auraient au moins essayé de se sauver. C'était tout ce qu'elle demandait, qu'il expulse cette douleur qui les empêchait de s'appartenir comme avant. S'ils partageaient ce voyage, fût-il effroyable, elle comprendrait certainement ce qui s'était brisé dans la tête de son mari et saurait comment le réparer. Du gras du pouce, Louis essuya les larmes sur les joues d'Anna, puis se mit à parler, calmement. Il dit que ce serait la seule fois.

Tu sais, sous peu, on lira des choses dans les livres d'histoire, mais je peux t'assurer qu'elles ne seront jamais à la hauteur de ce qu'on a vécu, nous, les soldats du front. Parce que ce qu'on a vécu ne peut pas trouver sa place dans des mots. On ne peut pas faire de phrases à la hauteur de ce qu'a été cette guerre. Là-bas, elle faisait trop de bruit pour qu'on les entende, les mots. Quand la guerre se taisait, elle faisait encore du bruit. Même aujourd'hui, elle fait du bruit, peut-être même plus qu'avant. J'ai beau essayer, maintenant que je suis rentré, je ne peux rien faire pour que ça s'arrête. J'attends le moment où ça va recommencer, je ne peux pas m'empêcher d'y penser. Le plus terrible, là-bas, c'était de ne pas savoir quand ça recommencerait. Je dis « là-bas », parce que c'était l'endroit où on était tous. Même à des dizaines de kilomètres de distance les uns des autres, on était là-bas.

J'ai vu des gars, bien plus instruits que moi, qui écrivaient ou dessinaient dans de mauvais carnets boursouflés par l'humidité. Je me demande bien ce qu'ils sont devenus, ces carnets. J'espère que ceux qui les ont ramenés ont eu la présence d'esprit de les détruire, pour que les enfants gardent un peu foi en l'avenir, qu'ils ne sachent pas de quoi les hommes sont capables. Je ne voudrais pas que ça leur donne des idées, aux jeunes. Entre deux attaques, on parlait de nos familles, de notre travail. La seule manière de s'éloigner un peu des combats, c'était de parler d'autre chose. On tenait comme ça. Si les survivants n'en parlent pas aujourd'hui, c'est qu'ils ne veulent pas refiler cette peste à leurs proches. Il y a bien assez d'autres maladies qui peuvent tuer.

J'y peux rien, tu sais, mais on ne peut pas vraiment revenir de là-bas. On a beau essayer, on n'y arrive pas. Trop de bruit, trop de terre, trop de pluie, trop de froid, trop de rats, trop de corps pour nous ensevelir. J'ai même du mal à dire « je », sûrement parce que je me sens coupable de ne pas être resté là-bas, avec tous ceux qui ne se sont pas relevés. Cette oreille, que j'ai perdue, c'est rien du tout, c'est pas assez. Tu te rends compte que j'estime que c'est pas assez. J'imagine que tu ne peux pas comprendre que je pense devoir plus qu'une oreille à ceux qui ont perdu plus, à ceux qui ont perdu la vie. C'est pas aux Boches que j'en veux le plus, c'est aux galonnés de l'arrière qui nous envoyaient sans raison à la mort. Sans aucune raison, tu m'entends, aucune. Je peux aujourd'hui l'affirmer sans risquer d'être jugé et fusillé. Pour eux, on était juste des pions, avec des jambes pour courir à découvert, droit devant, et des bras pour porter un fusil, gueulant pour se donner du courage, gueulant comme des damnés aux portes de l'enfer. On tirait à l'aveugle en direction des Boches qu'on nous avait appris à haïr. On voyait les copains s'effondrer, transpercés, éventrés, et on continuait pourtant d'avancer coûte que coûte, comme des enragés. Les vrais salopards, d'un côté et de l'autre, c'étaient les généraux, occupés à tracer des lignes sur des cartes, et puis à donner l'ordre d'attaquer pour l'honneur de la patrie. Gagner un mètre ou en perdre un, c'était à peu près le même tarif humain des deux côtés du no man's land, la même jeunesse assassinée pour rien, les mêmes guirlandes de cadavres accrochés aux barbelés d'une cote mal taillée.

Il y a autre chose que je ne parviendrai pas à oublier, quelque chose de terrible. Quand on est arrivés là-bas, il y avait des prairies, des taillis, des bois, des villages. Quand on est repartis, il n'y avait plus rien de tout ça. On avait ravagé le paysage, dressé des collines, creusé des cratères, et il ne restait plus un seul arbre debout. Tu ne peux même pas imaginer la douleur que c'était. Je suppose que vu du ciel, ça ressemble maintenant à la lune quand on la regarde depuis la terre. Il faudra au moins cent ans pour effacer les traces du massacre, en surface, parce qu'en dessous, la terre se souviendra toujours.

Je voulais t'épargner toutes ces images, que je te fourre dans la tête. Moi, y a qu'avec de la colère dans la bouche que je peux y retourner. Je ne veux pas que toi et Marie en soyez la cible, juste parce que j'ai pas de coupable à qui faire payer l'horreur. Là-bas, y avait pas de héros, pas de bravoure, pas de dignité, pas d'honneur à défendre. Un homme qui en tue un autre est aussi mort que sa victime, sinon, il ne serait pas vraiment un homme. La guerre, elle ne fabrique pas de héros, elle fabrique du malheur, la laideur la plus absolue. Moi, j'en ai pas rencontré un seul, de héros. On crevait tous de trouille. Certains la masquaient mieux que d'autres, c'est tout.

Quand je regarde le monument aux morts pinqué sur la place de l'Église, je lis les noms de ceux qui sont tombés, et entre, je vois aussi ceux des survivants. Je te jure que j'arrive à les voir. Il y a le mien en dessous de celui de Jacques, et au-dessus de celui de Paul. Un frère encore en vie sur trois, y en a qui trouveraient qu'on ne s'en est pas si mal sortis dans la famille.

Je ne sais pas où va ce monde, s'il retiendra la leçon. Je ne suis pas bien confiant, tu sais. Le passé ne plaide pas en faveur de la paix. Quand il s'agit de tuer son prochain, l'homme est sacrément inventif. Il en a fait une industrie. Y a aucune raison pour que ça change. C'est terrible de constater que la mort fait vivre des gens, que ces gens-là font tout pour qu'une guerre revienne les engraisser.

Tu te rappelles la fois où on a croisé Georges Malbec dans le bourg. Il avait du mal à marcher, tellement il tremblait de partout. Pourtant, il n'a pas été blessé pendant la guerre, pas la moindre égratignure. Il est toujours passé entre les gouttes, un vrai miracle. Moi, je sais pourquoi il tremble comme ça, pourquoi les docteurs ne pourront jamais rien pour lui. De tous les obus qui ont éclaté autour de lui, y a peut-être pas un seul éclat qui l'a touché, mais je suis certain qu'une explosion est entrée dans sa tête, et que la déflagration s'est propagée dans son corps. Cette explosion, elle ne trouvera jamais la sortie. L'orage n'en finira pas de gronder dans les tripes de Georges, et… il attend la foudre. Il l'espère comme une délivrance. Ça se lit dans son regard qu'il sait qu'il n'y a qu'un seul moyen pour qu'il s'arrête de vibrer.

La guerre nous a tous pris quelque chose : une oreille, une jambe, un bras, un visage, la parole, la raison, la vie. J'ai failli dire « voler ». Le bon mot, c'est vraiment « prendre », à mon avis celui qui convient le mieux. Personne n'en est sorti indemne. Il y en a quelques-uns qui fanfaronnent aujourd'hui. Je ne leur en veux pas, c'est le seul moyen qu'ils ont trouvé pour essayer de distancer la peur. Sûr qu'ils n'y parviennent pas. Ils déversent des paroles pour se convaincre d'une autre réalité, croire à une autre histoire dont ils seraient les héros. C'est pire de se mentir que de mentir aux autres. Jamais ils n'arriveront à changer les « r » d'horreur pour les « n » d'honneur. Jamais. Ils le savent, tout comme moi, et ils en crèvent, tout comme moi.

Tu veux que je te raconte ce que j'ai vu de plus fou, là-bas ? Ça, je peux bien le raconter sans douleur. Tu pourras t'en faire une image qui effacera un peu les autres, enfin j'espère. Un matin, à l'aube, il gelait à pierre fendre. J'arrivais pas à me réchauffer dans ma capote humide. J'ai entendu un bruit de cavalcade. J'ai levé les yeux, et j'ai vu une panthère sauter par-dessus la tranchée. Elle était magnifique. Tu aurais vu le spectacle. Son pelage noir brillait sous le soleil d'hiver. J'aurais pu croire que je rêvais si j'avais été seul à la voir, mais ceux qui étaient près de moi pouvaient en témoigner. Quand on a discuté plus tard avec des camarades plus éloignés dans la tranchée, certains disaient avoir vu une antilope, d'autres, un singe, un zèbre, une autruche, et même un lion. Les seuls animaux que j'avais vus jusque-là, c'étaient des chevaux, des mules et quelques chiens. Dans l'après-midi, on nous a appris que des obus avaient atterri dans un zoo, libérant des animaux sauvages. Y en a certainement qui ont été tués pendant le bombardement, mais cette panthère volant au-dessus de nous, c'est ce que j'ai vu de plus beau pendant la guerre, de plus beau, et de plus libre aussi. Elle ne comprenait pas ce qui se passait. Elle fuyait l'horreur, elle en avait la possibilité, sans risquer d'être abattue. J'aurais voulu la suivre, me sauver avec elle. J'aurais voulu être cette panthère. J'aurais tout donné pour être cette panthère, et plus un homme.

Ce soir-là, ils s'accouplèrent pour la première fois depuis le retour de Louis. Anna pensa qu'il s'était enfin libéré d'une part de douleur, que ses révélations le mèneraient sur la voie de la guérison, que tout finirait par redevenir comme avant. Elle le pensa une nuit entière.

Aux Herbiers, on reprit peu à peu goût à la vie. On ne parlait plus de *Grande Guerre*, mais de *Der des Ders*. On se consolait avec l'espoir qu'il n'y en aurait pas d'autre, qu'on avait retenu la leçon. Le tribut payé par les petites gens demeurerait inacceptable, mais si on promettait en haut lieu que c'était la dernière fois qu'on s'entretuait, on était prêts à croire aux lendemains qui chantent et aux enfants à naître.

Les musiciens remontèrent sur l'estrade, faisant valser les couples au son de l'accordéon et de la cornemuse. Les soirs de bal, on s'embrassait à la sauvette derrière l'église, dans un bosquet. Les langues se déliaient en silence. On se goûtait les salives. On se tripotait les formes sous trop d'épaisseurs. Les corps ne demandaient qu'à se répandre, alors on se donnait rendez-vous dans une barge à foin, une cabane isolée ou quelque maison désertée, afin de se chamailler plus sérieusement les peaux. On se donnait, on se prenait, on s'oubliait. On se faisait de belles promesses. On se mariait au plus vite. On n'avait pas de temps à perdre. Même si on avait de nouveau foi en l'avenir, on gardait en mémoire que le temps pouvait manquer, que la maladie et la vieillesse n'étaient pas seules à garantir le néant.

Les campagnes avaient été saignées à blanc. Il fallait bien penser à la relève. Les noms gravés sur le monument aux morts en granit ne pouvaient plus semer, sarcler, désherber, faucher, récolter, élever, scier, fendre. Des noms gravés, ça rappelle, ça fait rêver les yeux, ça mène un temps aux larmes, puis ça se gorge de mousse, et on finit par ne plus voir que la pierre dure et froide. Le monument aux morts ne se dresserait bientôt plus devant l'église, on le déplacerait plus loin, sur une petite place. Peut-être que Dieu n'en pouvait plus de contempler ce mausolée glorifiant Son échec, à moins que ce ne soit l'inverse, que les âmes des soldats n'aient conspiré pour s'éloigner de Celui qui les avait trahis. Lorsque je vais chercher mon pain, je les lis ces noms et ces prénoms. Ils sont désormais inscrits à la peinture dorée et la pierre est lustrée, pour bien montrer qu'on prend soin des martyrs. Je pourrais les réciter par cœur. Ils me racontent l'après, le désespoir des familles à l'annonce du drame, la grande tragédie du non-retour perpétuel. Je regrette qu'au fur et à mesure du décès des survivants, on n'ait pas gravé aussi leurs noms. Ainsi, les frères auraient rejoint leurs frères, les fils leurs pères, et les pères leurs fils. À croire qu'ils n'avaient pas assez souffert pour s'incruster dans la pierre, bons qu'à porter haut le drapeau tricolore le jour du 11 Novembre, un peu coupables d'en avoir réchappé, comme le pensait Louis.

L'exode rural, démarré après l'armistice, prit de l'ampleur. La vie dans les tranchées avait brassé de nouvelles idées. Beaucoup avaient fait un joli bout de chemin. Les soldats étaient revenus avec toutes sortes de séquelles, morales ou physiques, certains avec une grande soif de découverte, un désir d'émancipation, de changement radical, pour oublier. En quittant la campagne, ils rompaient aussi avec le patriarcat qui présidait aux destinées. S'ils avaient eu la chance de survivre, autant mordre la vie à pleines dents et ne plus se morfondre dans un hameau perdu en veillant à respecter des traditions séculaires et en obéissant aux ordres d'un ancien. En ville, on n'était plus soumis à la loi des ancêtres, aux interminables journées de travail, aux semaines sans repos. En ville, on n'était plus soumis aux caprices de la nature, au gel précoce, à la neige tenace, aux pluies diluviennes et à la grêle dévastatrice. En ville, on n'avait aucun mal à trouver un travail, avec des horaires fixes, le dimanche libre et un salaire à la fin du mois ne dépendant pas d'aléas extérieurs. Le paysan devenu ouvrier avait conscience de gravir un barreau de l'échelle sociale. Il en vint même à nourrir du mépris envers ceux qui étaient restés au pays. Plus l'échelon était court, plus le mépris était grand. Ils débarquaient parfois au bal des Herbiers, vêtus de costumes de drap et parés de leur nouveau statut, afin de séduire les filles du coin. Il y eut des rixes, et même de véritables batailles rangées, d'où jaillissaient des gourdins, des lames de couteau. Il y eut des blessés, et même un mort. Les hommes en meute se transforment aisément en guerriers, oubliant le temps où ils étaient tous frères de combat, pareillement enterrés dans la boue des tranchées.

Marie n'avait pas vraiment connu le père d'avant la guerre. Elle n'était donc pas en quête de lui. Les permissions ne permettaient pas à Louis d'endosser son véritable rôle. Elle fut bien obligée de composer avec celui qu'elle avait sous la main, de l'apprivoiser, de se satisfaire de ce papa taciturne et le plus souvent distant.

Quatre mois après la démobilisation de son père, un événement allait pourtant les rapprocher. Marie s'en souviendrait toujours.

Elle avait découvert une portée de cinq chatons dans la barge à foin. Leur mère n'avait pas assez de lait pour les nourrir tous. Marie était en train de les faire boire à tour de rôle dans une écuelle, quand elle entendit la porte de l'étable s'ouvrir et se refermer au-dessous d'elle, le bruit des sabots contre les pierres, et puis plus rien. Les vaches étaient au pré. Elle reconnut la voix de son père, sans comprendre ce qu'il disait, avec qui il parlait. Personne ne lui répondait. Elle rampa jusqu'à la trappe par où on faisait descendre le foin dans l'étable et se pencha pour voir ce qui se passait. Son père était assis sur une auge à eau et discutait avec son fusil de chasse coincé entre ses jambes. L'effroi saisit la gamine.

– Papa ! Qu'est-ce que tu fais ?

Surpris, Louis leva la tête vers la trappe, et la lumière provenant de l'espace entre les deux vantaux de la porte agit comme une guillotine. Deux grands yeux apeurés mangeaient la frimousse de sa fille. Des fétus de paille voletaient tout autour d'elle dans la pâle lueur, semblables à des lucioles.

– Te penche pas, surtout, c'est pas prudent !

– Pas tant que tu m'auras pas dit ce que tu faisais.

Louis coucha l'arme à ses pieds.

– Je parlais.

– Tu parlais à ton fusil ?

– Des fois, c'est plus facile de discuter avec les choses qu'avec les gens.

– Mais, elles peuvent pas répondre, les choses.

Louis esquissa un sourire.

– Ça t'arrive bien de parler à ta poupée.

– Bien sûr, souvent.

– Et je suis sûr qu'elle te répond ?

– Oui, dans ma tête.

– Alors, tu vois bien que j'ai raison.

La gamine réfléchit.

– Papa ?

– Quoi !

– Je crois pas qu'on puisse avoir la même discussion avec une poupée qu'avec un fusil.

– Ce que tu lui racontes à ta poupée, ça ne me regarde

pas. Pareil pour moi et mon fusil. Et ne dis surtout rien à ta mère. Ce sera notre secret.

– Quand même, j'aime pas quand tu parles à ton fusil.

– Promis, je ne le ferai plus...

– Je pourrai te prêter ma poupée, si tu veux. Je suis sûre qu'elle me racontera rien de ce que vous vous direz.

– D'accord, si j'ai besoin, je te la demanderai. Mais qu'est-ce que tu fais là-haut ?

– Rouquine a fait ses petits dans le foin.

– Combien ?

– Cinq... Dis, je peux les garder ?

– Tu sais bien que non.

– Au moins un, alors.

– Si tu veux, mais un seul.

– Et les autres, qu'est-ce que tu vas en faire ?

– Je vais les emmener ailleurs où on prendra soin d'eux.

– Je pourrai t'accompagner ?

– Non, il vaudra mieux que tu restes avec Rouquine. La pauvre, elle aura besoin de soutien quand je les lui retirerai.

– Bon, d'accord !

– Et maintenant, recule ! Je te rejoins par l'échelle.

Bien plus tard, devenue adulte, Marie se demanderait si, sans son intervention, Louis ne serait pas allé au terme de la conversation engagée avec son fusil.

Anna essayait de transmettre un peu de joie dans le foyer, mais elle rebondissait sur son mari comme sur un blindé, comme si le bonheur était chose trop vulgaire après ce qu'il avait vécu. Il essayait de donner le change du mieux qu'il pouvait et il ne pouvait guère. Anna en était venue à ne plus nourrir l'espoir de retrouver le Louis d'avant la guerre. Elle avait le sentiment de vivre auprès d'un étranger, un homme déserté par l'époux aimant, que même le chien évitait désormais. Il paraît que les bêtes reniflent le désespoir tout autant que la mort.

Elle souhaita mettre au monde un nouvel enfant pour bousculer l'ordre désastreux qui s'était instauré aux Vieilles Granges. Des bébés naissaient dans le village. Elle ne tomba pas enceinte. Peut-être que la semence de Louis s'était tant asséchée qu'elle ne contenait plus le moindre germe de vie.

Elle continua de se rendre à l'église tous les dimanches. Que lui restait-il, si elle ne se laissait pas aller à croire, à cultiver le peu qui survivait en elle ? Elle voulut emmener Louis, pensant qu'il trouverait un peu de réconfort dans la sainte parole du curé et la proximité des habitants du village. Lorsqu'elle lui en fit la proposition, il attrapa son regard pour ne plus le lâcher.

– Dieu !

– Quoi, Dieu ?

– Tu me proposes son aide, c'est ça ?

– Je sais plus comment t'aider, moi…

– Dieu, il est mort au bois d'Ailly, je l'ai vu crever sous mes yeux, là-bas, les tripes à l'air. Ton Dieu, il n'avait même plus de visage, et il chialait pourtant comme un enfant. Je l'entends encore… Et dire que je voulais plus en parler…

– J'en peux plus, Louis, de te voir ruminer ton malheur. Je sais que tu as vu des choses terribles, mais ça fait des mois que tu en es sorti. Il faut que tu réagisses. Marie a besoin de son papa, et moi, de l'homme que j'ai épousé. Tu es tellement loin des deux.

Louis posa une main sur la joue de sa femme.

– Tu as raison.

– En quoi j'ai raison ?

– On ne peut plus continuer comme ça, mais la messe, c'est au-dessus de mes forces.

Le 2 octobre 1920, en rentrant de l'école, Marie entendit un bruit de dégringolade provenant du toit de la grange. Elle contourna le bâtiment et découvrit son père allongé sur le dos, le long du mur, les bras en croix. Il n'avait pas crié en chutant, elle l'aurait entendu. Elle s'agenouilla près de lui. Il ne semblait pas souffrir. On pouvait lire dans son regard qu'il était désolé. Il ramena ses bras le long de son corps, puis tenta de bouger ses jambes, mais elles ne répondirent pas. Marie voulut se relever, courir prévenir sa mère. Il agrippa son poignet, *Reste avec moi !* Quand il le relâcha, deux ou trois secondes plus tard, c'était fini. Il ne voulait pas mourir seul. Son visage semblait apaisé, l'air de dire : *C'est mieux pour moi, c'est mieux pour toi et ta mère, c'est mieux pour tout le monde que je m'en aille.* Il paraissait plus vivant qu'avant de mourir, couché dans l'ombre de ces pierres qu'il avait lui-même récoltées dans les champs, puis scellées, la tête à deux doigts du rosier remontant aux fleurs juste fanées. La gamine demeura encore un long moment auprès de son père, toujours agenouillée. Elle mit du temps à se rendre compte qu'il était mort, qu'il n'était pas immortel, ce que la plupart des enfants vivent comme une trahison lorsque la mort survient trop tôt.

Elle se releva enfin et regarda le corps sans vie, non pour se convaincre de la réalité du drame, mais pour conserver l'image paisible de ce père dont elle ferait à l'avenir un héros, et sûrement pas un traître. Elle s'en alla annoncer la nouvelle à sa mère, les yeux emplis de larmes. *Papa s'est tué.* Elle dit *Papa s'est tué*, comme ça, sans réfléchir, et non Papa est mort. Les mots vinrent naturellement. Et peut-être bien que c'est ce qu'il avait fait, après tout, se donner la mort en se laissant glisser sur les ardoises, la seule manière de détruire le démon qu'il avait épousé en secondes noces. Il espérait l'avoir pris de court, ce démon, avoir fait en sorte qu'il ne remonte pas le courant, ne le suive pas de l'autre côté.

On exposa le corps de Louis sur le lit nuptial. Anna ferma elle-même les yeux de son mari. Elle le coiffa, pour cacher au mieux la vilaine blessure attrapée à la guerre, plaça la main droite par-dessus la gauche, posée sur le ventre. Plus tard, elle lui retira ses vêtements de travail et l'habilla avec une chemise blanche, un costume de velours brun, enfila des chaussures cirées à ses pieds, celles de leur mariage, qu'il n'avait plus jamais portées depuis.

Il gela dans la nuit, et aussi les suivantes. Dans la chambre glaciale, on sentait à peine les odeurs de putréfaction.

Il vint des gens de la famille, des voisins, et d'autres encore qui ne l'avaient pas vraiment connu, tous compatissants. Ils s'attardaient plus ou moins longtemps. Ils trouvaient tous Louis très beau. Anna hochait la tête à chaque fois. C'est vrai qu'il était beau.

Anna veilla son mari, accueillit chaque visiteur avec reconnaissance, faisant preuve de patience et d'une grande force de caractère. Elle ne versa aucune larme en public. Jean Sarran, le curé de la paroisse, la soutint durant les trois jours de deuil, habillé en civil. Louis et lui avaient frotté leurs culottes sur le même banc de pupitre. S'il bredouilla une prière, ce fut dans sa tête, par respect pour celui qui avait perdu la foi, mais que l'homme qu'il était ne reniait pas pour autant.

On plaça ensuite la dépouille dans un cercueil, on cloua le couvercle et on l'emmena jusqu'au cimetière sur des bâtons arrimés par des sangles passées autour du cou des porteurs. Il y avait Émile, le frère d'Anna, les oncles des Grillères et aussi un voisin. Il n'y eut pas d'office religieux. Sarran était présent au milieu du troupeau, méconnaissable habillé en civil, un chapeau de feutre à large bord sur la tête, fixant la croix sur laquelle le fossoyeur avait déjà gravé le prénom et le nom du défunt, ainsi que deux dates espacées de trente-deux années, en dessous du père de Louis, d'abord, et de sa mère, ensuite. Marie assista de bout en bout au départ de son père, sa mère y tenait. À huit ans, on est capable de faire face à la mort, elle est trop éloignée de soi pour être une affaire sérieuse, on ne réalise pas encore qu'un fantôme puisse se révéler aussi bavard dans le futur. Tout au long de sa vie, elle garderait un souvenir précis de cette triste journée. Elle la raconterait en bien des occasions, non par crainte de l'oublier, mais pour que tous ceux qui se rendraient au cimetière où il repose aient des images à graver sur la pierre tombale. Seule la mort offre un destin à la mesure de chacun, si intolérable soit-il.

On nous enseigne très tôt que tout est écrit à l'avance. Ceux qui restent acceptent ainsi plus facilement que les disparus n'aient pas toujours été à la hauteur.

Après l'enterrement, ceux qui le souhaitaient vinrent soutenir la jeune veuve à la ferme des Vieilles Granges. On but du vin et du cidre. On parla de l'homme d'avant, persuadé qu'une aussi belle âme avait déjà gagné le paradis. Même si Louis n'avait jamais cru à ces fadaises, d'autres y croyaient pour lui. Marie écoutait, sans reconnaître celui à qui on faisait référence, celui qu'elle construirait dans sa tête, celui que l'on n'évoquerait plus à la maison, celui, pourtant, qui demeurerait présent dans les moellons parfaitement alignés, les madriers et les planches pointés, les manches usés des outils, les éclats de voix arrachés aux murs des étables, les ombres de toutes choses dans lesquelles avait baigné son corps. La fillette ne respecterait pas toujours l'implicite pacte du silence. En revanche, la femme qu'elle deviendrait n'y dérogerait pas, tant que sa mère serait en vie.

Tu as raison, on ne peut plus continuer comme ça, ces mots résonnaient dans la tête d'Anna. Elle n'avait alors pas mesuré leur portée, ce qu'il voulait lui faire comprendre. Elle s'accommoda de la mort de Louis. Au fond d'elle, Anna était soulagée qu'il en ait fini – elle n'osait dire : qu'il ait mis fin – avec ce long chemin de croix engagé dans une tranchée du nord de la France, d'abord soulagée pour lui. Cette grande souffrance avait rejailli sur elle. Elle espérait en avoir préservé Marie au mieux. Il n'y avait pas d'autre issue possible. Elle avait eu le temps de s'habituer à sa disparition pendant la guerre. Elle s'était débrouillée seule, avec une fille en bas âge. Elle préférait son absence définitive à un vain combat et à un accompagnement stérile. Elle ne l'avoua jamais à Dieu, seulement à sa mère, le jour du baptême du fils d'Émile, après quelques verres de vin rouge et une gorgée de gnole.

Anna se mit à porter de longues robes noires informes et se tenait encore plus droite qu'avant. Les hommes d'Église répètent à l'envi que, sans épreuves, une vie ne vaut pas grand-chose, que c'est dans la souffrance que s'exprime la dignité et que les rôles s'inversent dans l'au-delà. Anna croyait aux choses d'après, à la grandeur des âmes, au rééquilibrage suprême, à la revanche des damnés de la terre, au jugement dernier. Elle n'avait pas le goût de la vengeance qui nourrit l'amertume et pourrit les entrailles.

Ses parents habitaient le hameau de La Roche, situé à cinq kilomètres des Vieilles Granges. Paysans eux aussi. Robert, le père, venait une à deux fois par semaine aider Anna à planifier le travail et restait parfois dormir sur place en période de vêlage. Maria l'accompagnait lorsqu'on tuait le cochon, ou pour tout autre labeur nécessitant la science d'une femme d'expérience. Robert était caractériel, vif, toujours prompt à l'emportement. Maria était une femme austère. Elle portait peu d'intérêt à sa petite-fille. Elle n'avait pas de temps à consacrer aux *niaiseries de l'enfance*. Le travail seul comptait. Elle veillait à ne jamais décevoir son mari. Robert et elle faisaient tout ce qu'ils pouvaient pour soulager leur fille. Ils avaient le cœur bon, enfin, ce qui leur en restait, après que la guerre l'eut broyé par deux fois. Émile venait donner de temps en temps un coup de main pour les travaux les plus rudes, mais il y avait aussi beaucoup à faire à La Roche.

Marie aidait aux travaux de la ferme. Le poulailler et les clapiers devinrent son fief. Elle ne rechignait pas non plus à seconder sa mère aux étables et en cuisine. Elle apprit très tôt à préparer les repas. Même si elle adorait les bêtes, son éducation la préservait de toute considération animaliste, lorsqu'il s'agissait de saigner volailles et lapins pour se nourrir.

Anna tint à ce que sa fille continue d'aller à l'école, afin qu'elle sache compter, écrire sans fautes et s'exprimer dans un français correct. Marie était gourmande de savoir, excellente élève. Elle aimait apprendre, étudier tard le soir, jusqu'à ce que ses yeux n'en puissent plus. Elle n'imaginait alors pas qu'on en arrive à les user au point de devenir aveugle. Malgré le drame qui avait frappé la famille, c'était une enfant joviale, appréciée de ses camarades. Son statut d'orpheline ne lui valait ni égards ni sarcasmes. Elle était loin d'être un cas particulier. La guerre avait emporté bien des hommes du village. Nombre de filles et de fils n'avaient même pas connu leur père. Parfois, en s'endormant, elle pensait à son papa. Il l'accompagnait aux portes de ses rêves d'enfant. Elle bredouillait dans sa tête, *Mon père qui êtes aux cieux, que ton nom soit sanctifié.* Elle ne s'aventurait jamais plus loin. Puis il lâchait sa main, ainsi qu'il avait lâché son poignet au moment de mourir.

Marie grandissait. Elle avait quitté le dos de sa mère pour se réfugier sous son aile. On n'évoquait jamais la guerre. Louis n'était plus là pour la rappeler. Anna, quant à elle, ne voulait pas oublier son mari, sinon elle aurait rangé la photo de mariage trônant sur le bahut. Marie la surprenait parfois à laisser traîner ses yeux sur cette image de bonheur. Il est possible qu'elle y trouvât matière à reconquérir le souvenir d'un homme encore indemne des blessures de l'âme.

Un soir qu'elles étaient dehors, assises sur le banc de pierre en train d'écosser des petits pois, la gamine leva les yeux, son regard embrassa le ciel illuminé et la lune réduite à un copeau d'étoile. Elle fit machinalement gicler les graines dans la jatte en bois et, de la gousse vide, elle désigna l'immensité.

– C'est beau !

– C'est beau, oui, ma fille.

– Mlle Glassmann dit que les étoiles sont des soleils éparpillés dans l'univers.

– Elle dit ça, l'institutrice !

– Elle dit aussi que certaines qu'on voit briller sont peut-être déjà mortes.

– Nous autres, on appelle ça des *lunous.*

– Des *lunous* !

– Quand la lune devient trop grosse, elle éclate comme une baudruche et elle éparpille tout plein d'éclats, des petits bouts de lune qu'on appelle des *lunous.* Ensuite, elle regrossit, et ça recommence.

Marie réfléchit un instant à ce que venait de dire sa mère.

– Comment ça se fait, alors, qu'il y a toujours les mêmes étoiles dans le ciel ?

– Tu as déjà essayé de les compter ?

– C'est impossible, il y en a trop.

– Avec tout le respect que je dois à Mlle Glassmann, elle n'a jamais dû essayer non plus.

– Je lui demanderai ce qu'elle en pense.

– Ce qu'elle pense de quoi ?

– Que les étoiles sont des morceaux de lune.

– Oh non, ma fille, il vaut mieux que tu gardes ça pour toi.

– Comme un secret entre nous ?

– C'est ça, comme un secret.

– D'accord, maman, je regarderai plus la lune pareil, les étoiles non plus. Et puis, j'aime bien les secrets.

Marie continua d'explorer le ciel à la lumière de la révélation, cherchant les failles dans le discours de l'institutrice, et sûrement pas dans celui de sa mère.

Cette même nuit, l'orage se mit à gronder. Ainsi qu'elle le faisait dès le premier coup de tonnerre, Anna s'habilla en hâte et s'en alla réveiller Marie, de sorte à être prêtes à partir si la foudre tombait sur la maison ou l'un des bâtiments attenants. Elles s'assirent à la table, face à face, de part et d'autre d'une bougie plantée dans une assiette, une de ces bougies qu'on fait brûler dans les églises, non pour attirer la chance, mais pour repousser le mauvais sort.

Seuls les orages venus du nord étaient à craindre. Ceux du sud, allez savoir pourquoi, ne passaient pas la rivière, et par conséquent n'atteignaient jamais les Vieilles Granges. Il ne s'agissait pas d'une règle issue d'une démonstration, mais bien d'une loi édictée par un législateur céleste, qui veillait à la faire appliquer. Au moins, celui-ci ne semblait jamais faillir à ce sujet.

Anna avait un jour parlé de colère divine, et Marie avait demandé pourquoi Dieu se mettait en colère l'été. Prise de court, Anna avait répondu qu'elle n'en savait rien, que peut-être, *Il était comme nous autres, Il s'emportait plus facilement quand il faisait chaud.*

Elles sursautaient chaque fois qu'un éclat de lumière embrasait la pièce. Anna triturait un petit crucifix émaillé, psalmodiant en sourdine : *Sainte Mère de Dieu, faites que l'orage passe sa route sans faire de dégâts.* Le prénom qu'elle avait choisi pour sa fille, et même imposé à Louis, représentait un pas dans la direction du Seigneur, afin de solliciter Sa clémence.

Tous les paysans connaissaient la puissance dévastatrice de la foudre. Des arbres isolés, couleur d'os, en témoignaient. Une des raisons pour lesquelles on conservait ces sentinelles sacrificielles autour des fermes, c'est qu'elles servaient de paratonnerres, en dehors de garantir un peu d'ombre aux animaux en période estivale. On en voyait partout, de ces totems de bois mort, et on ne les coupait jamais, comme pour amadouer la foudre, lui enjoindre de frapper ailleurs, puisqu'elle avait déjà œuvré ici, à moins que ce ne fût pour témoigner d'une chose qu'on risquait d'oublier, par désinvolture, ou par orgueil.

Il arrivait aussi que le feu du ciel s'abatte sur une grange, ruinant des vies en un instant. On racontait même le cas terrible de Célestine Sartan, traversée par un éclair en ramenant ses vaches au bercail. Les bêtes s'étaient aussitôt éparpillées dans la nature. Seul le chien était resté près du cadavre, hurlant à la mort. C'est ainsi qu'on avait repéré la malheureuse.

De telles histoires se transmettaient de génération en génération, si bien que les nuits d'orage, pas une seule maison ne demeurait dans l'obscurité. On avait ainsi moins peur. On se disait que si la foudre passait la barrière des arbres esseulés, voyant danser des lueurs sur les vitres, elle s'en irait jeter son dévolu en quelque autre lieu obscur, comme si elle, la foudre, était douée d'une volonté propre, un libre arbitre, la capacité de choisir, d'épargner, et cela, depuis qu'un homme avait eu l'audace, le courage, la folie, de capturer son feu résiduel et l'avait conservé, par dévotion et intérêt.

Mère et fille, fille et mère, se retrouvèrent donc là, en cet instant aux dramatiques augures, muettes, attentives l'une à l'autre, près de la flamme stoïque, parfois chancelante, le temps que l'orage passe au-dessus des Vieilles Granges. Et il passa, cette fois encore, sans faire de dommages.

Au fil du temps, on vit de nouveau Anna sourire. Elle était encore jeune et jolie. Elle avait des formes harmonieuses, de grands yeux noisette et une bouche dessinée pour les baisers. Quelques photographies de l'époque l'attestent. Deux bras masculins n'auraient pas été superflus pour faire tourner la ferme. Les prétendants ne manquaient pas. Elle les repoussa un à un. Elle était honnête avec eux, laissant parfois durer la cour une semaine ou deux, c'est-à-dire qu'elle ne faisait rien pour alimenter l'espoir, et rien contre non plus. À croire qu'elle profitait de ces instants pour asseoir une forme nouvelle de liberté assumée. Séduire était un des rares pouvoirs auxquels les femmes de cette époque pouvaient prétendre. Une fois promise à un homme, le pouvoir disparaissait à jamais. La quête d'égalité des sexes n'avait pas encore sonné. La majorité des femmes vivaient dans l'ombre des maris, sous leur joug, ne se plaignant pas de leur sort, n'en imaginant aucun autre. D'une certaine manière, Anna s'était émancipée de l'emprise masculine sans le vouloir, et pour rien au monde ne désirait y être de nouveau assujettie. Elle n'avait plus rien à offrir de ce qu'un homme attend d'une femme, plus de chair à ouvrir pour les accueillir, plus de cœur à donner.

Parmi les nombreux courtisans d'Anna, il y en eut un, plus opiniâtre que les autres. André Manian s'obstina à tenter d'entrer dans sa vie, du moins dans son lit. C'était un beau garçon, aimable, toujours joyeux et très amoureux. Il se crut longtemps plus malin et décida de la conquérir par une voie détournée, après avoir été éconduit à sa première tentative. Il se mit à guetter Marie au retour de l'école, une fois qu'elle avait quitté ses camarades. Il confiait alors une enveloppe à la gamine, qui la remettait ensuite à sa mère. Anna s'en saisissait vivement et la fourrait aussitôt dans une poche, sans faire le moindre commentaire. Elle ne lisait jamais la lettre en présence de sa fille.

Quand Marie reprenait le chemin de l'école le lendemain, elle n'avait rien à remettre à Manian. Elle attendait leur rendez-vous avec impatience, aurait aimé le satisfaire. Alors, pour tuer le temps, ils discutaient de tout et de rien. Il la traitait comme une adulte. En amadouant la fille, il pensait approcher plus facilement la mère. Il avait aussi fait la guerre. Contrairement à Louis, il en avait ramené une soif de vivre qu'il aurait bien partagée avec la jolie veuve. Le désir de fonder sa propre famille avec la femme dont il était amoureux. Marie le questionna un jour sur la guerre, *Comment ça se passait là-bas ? Papa, il en parlait jamais*. Elle avait dit *là-bas*, sans l'avoir entendu prononcer par son père. Le jeune homme se figea, décontenancé par la demande. Il répondit que ce n'était pas une histoire à raconter à une jeune fille qui avait toute la vie devant elle. Ce fut la seule fois qu'elle vit la gravité repeindre le visage du bel André.

Le manège dura plusieurs mois. Manian continua d'écrire des lettres enflammées, fort bien tournées au dire de ma grand-mère, qui ne put résister à en lire quelques-unes, prenant soin de recacheter l'enveloppe. Son cœur saignait de ne pas recevoir la plus petite marque d'intérêt, mais André ne se décourageait pas pour autant. Il pensait que le temps jouerait en sa faveur, qu'Anna finirait par céder à ses avances. Lorsqu'il la croisait au village, il l'observait de loin, attendant un geste, un signe d'encouragement, qui l'aurait rendu plus hardi. Il n'osait plus l'aborder, de peur de tout gâcher. Elle l'ignorait.

Marie voyait les couples se former, les veuves se remarier. Elle demanda à sa mère pourquoi elle ne répondait pas aux lettres de Manian, au moins par politesse, elle lui devait bien ça.

– Je ne lui dois rien à cet homme. Je ne le connais même pas et je ne veux pas le connaître. Et puis, si je répondais, ça ne ferait qu'alimenter chez lui de faux espoirs. Tu trouves qu'on n'est pas bien, toutes les deux ?

– Si, bien sûr, mais moi, je l'aime bien.

– Continue à bien l'aimer si tu veux, c'est toi que ça regarde.

– J'ai des copines, elles ont un deuxième papa.

– T'en avais qu'un, de papa, et personne ne pourra changer ça, surtout pas ton… Manian.

– Pardon, maman. Je voulais pas te mettre en colère.

– C'est bon, mais je ne veux plus qu'on en parle.

L'emportement d'Anna signifia que le sujet était définitivement clos. La fillette continua de transmettre les messages quelques semaines supplémentaires. À défaut d'éteindre la flamme qui le brûlait encore, Manian finit par se lasser. Il n'y eut plus de rendez-vous sur le chemin de l'école.

Par l'entrebâillement d'une porte d'étable, Marie surprit sa mère occupée à lire une des lettres avec une évidente émotion. Elle comprit qu'en réalité, Anna préférait le silence au lieu incertain où risquaient de l'entraîner les mots qu'elle aurait pu écrire. À la connaissance de la gamine, ce fut le dernier homme à tenter de s'approcher des rivages escarpés de sa mère.

André Manian en épousa une autre, un an et demi après avoir remis sa dernière lettre à Anna. Il ne lui adressa plus jamais la parole, et à Marie non plus. Quand il les croisait, un regard furtif suffisait à traduire ce que son cœur ne pouvait oublier.

Marie aimait lire. Elle découvrait de nouvelles formes de liberté dans les livres que lui prêtait Mlle Glassmann, l'institutrice de l'école de filles des Herbiers. Elle s'y plongeait parfois la nuit, quand sa mère dormait, à la lueur d'une lampe à pétrole, ou plus souvent pendant que les vaches paissaient. Elle y puisait de grandes espérances, se passionnait pour les horizons lointains, qu'elle n'aurait guère l'occasion d'explorer au cours de son existence.

Combien d'heures passées à tourner inlassablement les pages, quand les cris d'une buse valaient ceux d'un condor, et la course d'un chevreuil, le galop d'un pur-sang ? Combien d'heures passées à être celle-ci et parfois celui-là, puisque l'imaginaire est ce genre de pays ? Combien d'heures passées à fouler les étoiles ? Combien de galions aux cales remplies d'or voguant sur des mers de fétuque ovine ? Combien d'heures passées à amender la vie de joies incomparables, de révoltes intimes, de vengeances à mener ? Combien de monstres à combattre, par l'épée ou le feu ? Combien de divins crépuscules et d'aubes contrariées ? Combien d'amours impossibles ?

Combien d'émotions engrangées pour une vie entière ? Combien de colibris visitant la fleur de tiaré ? Combien de conquérants défaits ? Combien de mendiants portés par la grâce ? Combien d'heures passées à voyager en restant immobile ? Combien d'heures passées à réduire au silence les silences du père ?

Et quand pointait le soir, elle glissait une feuille de châtaignier à l'endroit où elle venait de terminer sa lecture, rassemblait les bêtes et prenait le chemin du retour. Marchant à l'arrière du troupeau, elle racontait à voix haute ce qu'elle avait lu pour prolonger le rêve, agitant son bâton comme un chef d'orchestre, capable de réciter des pans entiers du texte, qu'elle avait retenus sans effort. Le chien relevait une oreille quand les intonations se faisaient plus aiguës. De temps à autre, il s'en allait rameuter une bête attirée par une touffe de trèfle au bord du fossé, puis revenait auprès de sa maîtresse pour écouter la suite.

C'étaient de merveilleux moments d'insouciance. Marie en dévidait d'autres sur le chemin de l'école avec son amie Jeanne Daumal, qui vivait avec ses parents dans une ferme isolée, non loin des Vieilles Granges. Les deux gamines s'entendaient à merveille. Filles uniques toutes les deux, elles se racontaient tout. Elles nourrissaient toutes sortes d'aspirations, Jeanne les revendiquait ouvertement, quand Marie en parlait avec plus de pudeur. Les deux sœurs Vergnaud se joignirent à elles un temps, avant que leurs parents ne leur interdisent de fréquenter Jeanne Daumal, qu'ils trouvaient bien trop délurée pour son âge.

Marie n'était pas envieuse, ne jalousait personne. Elle se satisfaisait de petites joies, qui font les grands bonheurs dont on se souvient toute une vie. La découverte sous le sapin de bonbons, de gâteaux, de ce père Noël en pâte de sucre, dans lequel elle n'osait croquer, tellement elle le trouvait beau. Ce livre illustré de *Bécassine*, qu'elle lut et relut des centaines de fois, fut peut-être à l'origine de son amour de la lecture. À moins que le commencement ne se trouve dans les contes que lui lisait sa mère : *Le Paysan dans le ciel*, *La Vache perdue*, ou encore, *La Veuve et ses deux filles*. Des histoires, Anna en inventait au besoin. Elle donnait alors la parole aux animaux, aux arbres, et même aux objets, comme ce pot à eau perdu dans le désert à la recherche d'une oasis.

Après l'obtention de son certificat d'études, de brillante manière, Marie aurait aimé s'instruire davantage. Elle en avait les capacités, l'envie. Anna en était bien consciente, mais la ferme avait besoin d'elle à plein temps.

Marie pleura longuement dans les bras de Jeanne le dernier jour de classe. L'école lui manqua infiniment. Les trajets y conduisant lui manquèrent. Jeanne lui manqua. Apprendre lui manqua. La voix de Mlle Glassmann découpant les syllabes pendant la dictée lui manqua. Le crissement de la plume sur la page du cahier lui manqua. Le crépitement du bois dans le poêle lui manqua. Le bruit de la craie sur le tableau noir lui manqua. L'odeur de la cire lui manqua. La grande carte de France et les planches anatomiques épinglées aux murs lui manquèrent. La plainte des pupitres lorsque les élèves s'asseyaient lui manqua. La règle jaune d'un mètre de long, le compas et l'équerre fichés sur une pointe lui manquèrent. La vitrine où étaient entreposés reptiles et batraciens trempant dans du formol lui manqua. L'alphabet écrit sur un long ruban derrière le bureau lui manqua. Les nuques et les visages juvéniles de ses camarades lui manquèrent. Tout lui manqua, et tout lui manquerait.

Elle conserva un lien privilégié avec son institutrice. Au début de chaque mois, Sarah Glassmann lui apportait de nouveaux livres. Anna n'y voyait aucun inconvénient. L'institutrice s'attardait volontiers aux Vieilles Granges, quand il n'y avait pas trop de travail. On prenait alors le temps de discuter autour d'un bol de chicorée ou de tisane. Marie rendait les ouvrages qu'elle avait lus, les commentait avec une grande ferveur et beaucoup d'à-propos. Ses lectures continuaient de l'emmener bien au-delà des limites du hameau. Au fil des échanges, la relation entre la jeune fille et Sarah évolua en une douce amitié, teintée d'un grand respect et d'une admiration réciproque.

Pour quelque temps encore, les paysans étaient intimement connectés à leur environnement, dont la préservation était gage de survie. Leur existence était rythmée par le travail, entrecoupé de plaisirs simples, dont la rareté faisait le sel. Il y avait les longues veillées, chez les uns et les autres. À la mauvaise saison, elles se déroulaient au coin du feu, et à la bonne, dans la basse-cour, sur un banc ou sur une marche d'escalier. Les chants des grillons et des crapauds accoucheurs succédaient au crépitement du bois. La musique des mots ne changeait guère, les histoires non plus. Ces gens avaient l'illusion que le changement ne les concernait pas, ne les concernerait jamais, perpétuant un récit qu'ils croyaient gravé dans le marbre, prenant soin de ne pas en changer la moindre virgule, comme pour se préserver d'une malédiction. Ils pensaient que le progrès et le changement étaient deux choses différentes, qu'ils parviendraient à maîtriser le premier afin qu'il ne modifie en rien les fondations millénaires. Pensaient être capables d'en prendre les bienfaits et d'en rejeter les dommages. Ils se trompaient, évidemment. L'arrivée de l'électricité serait un de ces progrès considérables. Cela rallongerait les journées de travail, modifiant peu à peu la perception des saisons. Les machines à moteur épargneraient une part de fatigue, mais leur vacarme rendrait sourd aux bruits de la nature. Sans parler des accidents jusque-là inconnus qui pourraient survenir. Aux Vieilles Granges, il faudrait encore attendre bien des années avant de profiter des avantages du progrès et d'en subir également les inconvénients.

Émile adorait sa nièce. Il s'absentait de chez lui dès qu'il le pouvait, afin d'échapper à l'ambiance pesante qui y régnait. Sa femme Madeleine était devenue dépressive après la naissance de leur fils. Georges était né sept ans après Marie. La différence d'âge éloignait les cousins plus sûrement que la distance séparant La Roche des Vieilles Granges, trop importante pour que s'instaure entre eux une complicité.

Émile emmenait Marie pêcher à la ligne dans l'étang des Morelles. Il lui enseignait le braconnage, comment poser une nasse dans un ruisseau pour attraper les goujons lors de la fraie, ramasser de nuit les écrevisses sans se faire pincer, glisser la main sous une berge pour déloger la truite, tendre des cordes avant l'orage afin de remonter l'anguille, poser des collets pour piéger les lapins de garenne et les grives mauvis.

À la fin du mois de juin, tôt le matin, ils partirent chercher des champignons. Ils traversèrent le coudert, puis la vaste prairie des Condamines. Ils longèrent ensuite l'étang des Morelles, dont le trop-plein se déversait dans un ruisseau qui se perdait en forêt. Jamais Marie ne s'était aventurée aussi loin de la ferme. Ils suivirent le cours d'eau, ramassèrent quelques jeunes cèpes dans la mousse. Le ruisseau se sépara bientôt en deux. Une partie suivait le lit naturel, l'autre avait été détournée, creusée et empierrée, huit siècles auparavant. De belles écrevisses se promenaient lascivement sur le fond ensablé. Parvenus dans une zone dépourvue d'arbres où poussaient des fougères-aigles, des ajoncs et des herbes sauvages, Marie aperçut la flèche d'une église en contrebas, plantée dans un fourreau de verdure et entourée de toits d'ardoise. Émile expliqua qu'il s'agissait d'un ancien monastère de moines chartreux devenu un asile de fous. Le petit canal qu'ils avaient suivi servait à alimenter les bâtiments en eau. Il posa son panier, arrondit exagérément le dos et crocheta les doigts en grimaçant, prenant l'apparence d'un monstre de conte de fées. Il dit qu'il se passait de drôles de choses en bas. D'ailleurs, les gens du village ne s'approchaient guère. Il n'était pas rare d'entendre des cris, des rires, ou des pleurs, quand on se promenait en forêt.

Émile frappa le sol de la pointe de son bâton, ajoutant qu'il était truffé de souterrains et que les voix naviguaient à l'intérieur comme l'eau dans un ruisseau. Il affirma qu'à la nuit tombée il avait surpris une silhouette sortant de terre et qu'elle avait déambulé comme une âme en peine, avant de regagner son repaire, sifflée par un invisible gardien.

Voyant sa nièce effrayée par son histoire, Émile se redressa et reprit forme humaine. Il entraîna Marie plus loin. Ils quittèrent la lande, pénétrèrent sous un couvert de grands hêtres et rejoignirent un chemin. Ils passèrent devant un portail rouillé fermé par une lourde chaîne. Un haut mur d'enceinte recouvert d'épiphytes le poursuivait de chaque côté. Marie demanda ce qu'étaient ces bâtiments en ruine en partie masqués par les broussailles, qu'elle distinguait derrière les grilles ouvragées. Son oncle répondit qu'il s'agissait d'une forge à l'abandon. Le maître des lieux serait mort voici plusieurs décennies dans des circonstances suspectes, probablement empoisonné. Il n'avait pas de descendance. Marie observa encore un long moment ce lieu sinistre, à peine égayé par les fleurs roses d'un églantier et une odeur de pomme verte flottant dans l'air. Émile dit alors qu'il était temps de rentrer. Ils firent une large boucle et retrouvèrent la queue de l'étang des Morelles par l'autre rive. Ils traversèrent le gué en marchant sur des pierres affleurantes, suivirent ensuite le même chemin qu'à l'aller, pour regagner les Vieilles Granges, le panier d'Émile garni de champignons et la tête de Marie emplie de grands mystères.

Elle aimait les histoires. En plus de celles qu'elle puisait dans les livres, elle écoutait avec plaisir les vieux remuer l'ancien temps, les plus jeunes parler d'avenir, de la marche du monde, du moins ce qui leur en parvenait grâce aux journaux et aux voyageurs de passage qui se plaisaient à monter en épingle le moindre événement, fût-il insignifiant, jouant alors les importants. Les paysans s'y intéressaient aussi, au monde. Mais ils n'avaient pas la prétention de penser que le monde s'intéressait à eux. Quant à l'univers, ils étaient attentifs à ses humeurs impactant les récoltes. Au fil des siècles passés, ils en avaient tiré des règles fondamentales, que même les plus récalcitrants finissaient par suivre et transmettre. Ils n'avaient que faire des gesticulations des bourgeois, souvent condescendants et pédants à leur égard. En vérité, les gens de la haute n'étaient pas plus hauts que les autres une fois allongés dans un cercueil, se plaisait à rappeler Émile. Seuls les caveaux ostensiblement ornés rappelaient les fortunes présentes ou passées. Grand bien leur fasse ! Les chiens errants pissent plus volontiers contre le mur du bourgeois que contre la simple croix de l'indigent. À croire qu'ils sont capables de renifler la bêtise, tout autant que le désespoir et la mort.

Les visites étaient rares aux Vieilles Granges, en dehors de l'institutrice, des membres de la famille, et quelquefois du facteur. Au moment des foins et des moissons, le cercle s'agrandissait à quelques voisins. À l'issue du labeur, on dressait de grandes tables sur des tréteaux. Les hommes mangeaient, buvaient et parlaient fort. Ils s'inventaient des odyssées auxquelles l'auditoire faisait semblant de croire. Les femmes ne restaient guère assises, écoutant, observant, sans jamais être dupes. On s'éternisait une partie de la nuit. Le vin aidant, certains se mettaient à chanter. On poussait alors les tables pour danser. Les hommes en faisaient souvent trop, une main en l'air et l'autre agrippée à une hanche féminine, comme s'il s'agissait de l'anse d'un pichet dans lequel étancher une irrépressible soif. Ils prenaient des libertés, improvisaient des cabrioles, exagéraient les poses, faisaient toutes sortes de simagrées pour mieux se faire remarquer parmi les autres mâles. Devenir l'élu de celle qu'ils convoitaient. Les femmes se laissaient entraîner en riant sur la piste de danse improvisée, s'efforçant de suivre le rythme imposé par ces guerriers taillés pour l'aventure paysanne, rien de plus.

Marie les trouvait drôles, maladroits et lourds, parfois pathétiques dans leur obstination alcoolisée. Elle se faisait une tout autre idée de celui qui toucherait son cœur. Peut-être avait-elle trop lu de récits romanesques. Elle avait plus d'une fois offert une oreille discrète aux conversations pour savoir qu'une fois rentrés chez eux, ces hommes enjoués en public devenaient souvent colériques, soudards, violents et rarement aimants.

Femmes et hommes de la terre, de Dieu, en quelque sorte. La plupart croyaient en Lui. Ils en prenaient plus soin que l'inverse. Enfants, ils allaient au catéchisme, côtoyaient les rois et les mendiants se promenant à l'intérieur des Saintes Écritures. À l'époque, la majorité des gamins suivaient ce chemin-là. On leur apprenait qu'Il Lui avait suffi de sept jours pour créer le vivant et l'inerte, puis qu'Il s'était retiré, en simple observateur.

Voilà où cela mène le monde aujourd'hui ! Toutes les formes du vivant sont tôt ou tard vouées à disparaître. Il semblerait que le seul but de l'évolution d'une espèce soit la conquête d'un monde qui conspire à sa perte dès son apparition. Les humains en sont l'irréfutable preuve. Dans l'histoire, leur intelligence n'aura jamais été qu'une forme transitoire de leur bêtise.

Jeanne Daumal était l'amie la plus proche de Marie, au temps où elles cheminaient ensemble pour se rendre à l'école, et en revenir, par n'importe quel temps. Elles continuèrent de se voir, jusqu'à ce que Jeanne disparaisse.

À cette époque, Marie avait treize ans, Jeanne en avait quinze et déjà des formes à ensorceler les hommes. Elle en jouait, comme une qui, sans avoir jamais rien appris, sait déjà tout de la manière de les rendre esclaves de leur désir. Le grand pouvoir de la femme que l'on devine nue. Ce pouvoir, elle comptait bien l'apprivoiser, en profiter encore, avant de ranger ses rêves sous une pile de draps brodés offerts le jour de son mariage, ainsi qu'il en allait des jeunes filles. Personne n'avait cueilli ce fruit en apparence mûr. Il faut dire que le père Daumal veillait au grain, son fusil toujours à proximité pour faire fuir les jeunes loups attirés par la belle. Il n'était pas prêt à donner sa main au premier venu. Il avait même une idée précise de l'identité du meilleur parti qu'elle méritait.

Au village, la plupart des femmes avaient catalogué Jeanne comme une fille de mauvaise vie, possédée par le démon des sens, dont l'abondante chevelure rousse semblait confirmer les accointances maléfiques. Jugée coupable de susciter, par sa nature généreuse, l'élan des mâles à vouloir posséder ce trésor.

Au début du mois de juillet, le caractère de Jeanne changea brusquement. Elle devint moins insouciante. Elle était souvent perdue dans ses pensées, changeait de sujet dès que Marie tentait de savoir ce qui occupait son esprit.

Le 8 juillet, elle partit aux aurores vendre des fromages à la foire, ainsi qu'elle le faisait tous les mercredis. En début d'après-midi, s'inquiétant de ne pas la voir rentrer, le père Daumal se rendit dans le bourg. Les forains avaient planté leurs attractions sur la place du village depuis plusieurs jours. Daumal interrogea les commerçants. Personne n'avait vu sa fille. On s'en était étonné. On s'était dit que les bêtes ne devaient pas avoir assez de lait. L'absence d'une autre qu'elle serait passée inaperçue parmi l'agitation votive, mais la Jeanne Daumal, on la remarquait. Les hommes guettaient sa venue le jour du marché, se rinçant l'œil et le gosier en même temps. Il était évident qu'elle avait disparu avant d'atteindre la place.

Les gendarmes entreprirent des recherches, accompagnés par le père Daumal, qui connaissait parfaitement le chemin que sa fille empruntait. Ils organisèrent une battue avec des volontaires. Cela ne donna aucun résultat, tout comme l'enquête. Jeanne semblait s'être volatilisée. Les conjectures allèrent bon train et débordèrent les frontières du village, et même du canton. Il y eut un grand article dans le journal. Des témoins disaient avoir vu un loup errant écumer les bois environnants, alors que le dernier avait été abattu depuis plusieurs années. On envisagea aussi que la foudre divine aurait frappé la malheureuse en règlement de péchés qu'elle n'avait pas encore commis. Sans le confier ouvertement, beaucoup de femmes furent soulagées de ne plus être agressées par la beauté de cette fille de feu qui étouffait le leur.

Une semaine plus tard, Antonin Besse se présenta chez une couturière qui tenait boutique aux Ormeaux, à six kilomètres des Herbiers, pour vendre une robe. C'était un vieux garçon, un peu simple d'esprit, qui vivait dans une cabane au fond du bois de l'Âge. On disait de lui qu'il parlait la langue des animaux et qu'il rôdait près des fermes pour épier les jeunes filles. On l'avait plus d'une fois surpris et chassé à coups de semonces. Il dit avoir trouvé le vêtement sous des feuilles sèches, alors qu'il cherchait des champignons. Comme la robe n'était pas abîmée, il s'était dit qu'il pourrait peut-être tirer un petit profit de sa découverte. La couturière reconnut le tissu vendu à Augustine Daumal, la mère de Jeanne, au début du printemps. Elle envoya sur-le-champ son apprentie prévenir les gendarmes, pendant qu'elle retenait le vagabond.

Besse confirma aux hommes de loi avoir trouvé la robe à proximité du chemin que prenait Jeanne Daumal pour se rendre au marché. La nouvelle fut vite éventée. Poussés par la vindicte populaire, les gendarmes inculpèrent le suspect, autant pour l'interroger que pour le protéger. Les honnêtes citoyens auraient bien lynché le malheureux, qui faisait un coupable idéal. Besse n'en démordit pas, ne comprenant pas ce dont on l'accusait. Il n'avait jamais croisé cette fille, ne la connaissait même pas. Il n'avait fait que ramasser une robe perdue au milieu des bois. On perquisitionna sa cabane, on explora méticuleusement les environs, sans découvrir de corps, ni même le moindre indice. Il fut relâché faute de preuves, et dut s'en aller vivre ailleurs.

Six années avaient passé depuis la disparition de Jeanne Daumal. Ses parents continuaient de vivre, mais le cœur n'y était plus. Ils égrenaient du maïs sous un appentis, quand le chien se mit à aboyer. Ils virent une femme traverser la cour et venir à leur rencontre. Elle portait une longue robe écarlate et des sandales de cuir. Du foulard de tissu noir semblable à celui d'un pirate cascadait une abondante chevelure de jais. Le pourtour charbonné de ses yeux donnait une grande profondeur à son regard. Ses lèvres avaient la couleur du sang frais et, à ses oreilles, pendaient de gros anneaux dorés. Elle avait l'allure d'une de ces diseuses de bonne aventure que l'on croisait dans les fêtes foraines. Elle s'accroupit et sa robe s'épanouit au sol. Le chien s'approcha d'elle, posa sa tête dans la main qu'on lui offrait, puis se laissa caresser. Les Daumal observaient la scène d'un air incrédule. Ils n'aimaient pas ce genre d'engeance. Les romanichels, c'étaient voleurs, jeteurs de sorts et compagnie, capables d'envoûter un chien. Achille Daumal cria à la jeune femme de partir. Elle se redressa, et sa beauté resplendissait en ce lieu où l'on n'en concevait nullement l'utilité.

– Je sais lire l'avenir.
– On n'a pas besoin de le connaître, l'avenir.
– Le passé, alors, peut-être.
– Le passé, tout le monde le connaît…
– Je sais ce qui est arrivé à votre fille.

Les Daumal se dévisagèrent pour se convaincre l'un et l'autre d'avoir bien entendu. Augustine prit la parole d'une voix tremblante :

– Qu'est-ce que vous savez d'elle ?
– Je sais où elle est.
– Parlez alors, nom de Dieu !
– Devant vous, c'est là qu'elle est en ce moment.

Achille brandit d'un air rageur l'épi qu'il tenait en main.

– Ça vous plaît de profiter du malheur des gens. On vous a raconté l'histoire et vous pensiez nous soutirer un peu d'argent.
– J'en veux pas de votre argent…
– Et puis d'abord, vous êtes mal renseignée, notre fille était rousse.

La bohémienne cracha dans la paume de sa main droite et entreprit de lisser une mèche de cheveux. La couleur du feu apparut en même temps que ses doigts s'assombrissaient.

– De la teinture de feuilles d'indigo… C'est mieux d'avoir les cheveux noirs pour le commerce que je fais maintenant.
– Vous mentez. Encore une de vos diableries à vous, les romanos.

La jeune femme releva sa robe au-dessus des chevilles, faisant apparaître une cicatrice sur le tibia gauche.

– Vous vous souvenez de la fois où je me suis blessée contre le rebord du bassin ? J'avais cinq ans.

Les Daumal crièrent le prénom de leur fille en même temps. Augustine se mit à pleurer. Elle tendit les bras vers la jeune femme, incapable de bouger.

– On t'a crue morte. Comment tu as pu nous faire ça ?

– Vous ne m'auriez pas laissée partir.

– Bien sûr qu'on t'aurait pas laissée partir. Ta vie était ici.

– Justement, non, je n'en voulais pas de cette vie. Je suis tombée amoureuse d'un homme, un romano, comme vous dites.

– Et maintenant tu reviens parce que tu regrettes.

– Je me suis mariée avec lui, on a deux fils. Je suis très heureuse avec eux.

– Pourquoi tu as attendu si longtemps avant de revenir ?

– Tant que je n'étais pas majeure, je ne pouvais pas. Vous m'auriez empêchée de vivre cette vie que j'ai choisie…

– Tu réalises le mal que tu nous as fait ?

– Je suis désolée.

Il y eut un long silence. Jeanne embrassa du regard les bâtiments de la ferme dessinant un U presque parfait. Rien n'avait changé depuis son départ. Elle avait toujours eu la certitude que rien ne changerait. Les souvenirs montèrent des pavés si souvent piétinés, la cour parcourue en tous sens, là où traînait encore son enfance. Le chien l'avait reconnue à l'odeur, se frottant pour appeler la main, raviver sa mémoire animale, lui qui ne savait rien des heures, des jours, des mois, des années qui le séparaient de la dernière caresse. Lui qui avait été capable d'effacer le temps en un fragment de seconde.

Augustine avança de deux pas en sanglotant. Elle prit Jeanne dans ses bras. Achille laissa tomber l'épi à terre. Il avait encore besoin d'un peu de temps pour que la jeune femme redevienne sa fille, qu'il la redécouvre sous les oripeaux flamboyants d'une devineresse. Les effusions terminées, il balança le menton en avant.

– Allez, entre un moment, tu veux !

Le chien suivit le trio. Une fois à l'intérieur de la maison, il se glissa sous la table et se coucha. Ses yeux allaient et venaient d'une paire de jambes à une autre. Il relevait la tête au moindre signe de nervosité, ou d'émotion, que trahissaient parfois un mouvement du pied, ou un éclat de voix.

Plus tard, il suivit Jeanne jusqu'au portail. La jeune femme appuya le dos de sa main sur le chanfrein de l'animal, comme on le fait avec un enfant pour savoir s'il a de la fièvre. Elle se retourna, salua ses parents de la main. La mèche rousse brillait sous le soleil. Puis elle s'engagea sur la route, et ce n'était plus la diseuse de bonne aventure, la romanichelle, et pas même la fille qui s'éloignait, c'était la reine d'un royaume qui leur demeurerait à jamais inconnu.

Jeanne revint le lendemain. Près d'elle se tenait l'homme qui avait lu l'avenir dans sa main, six ans auparavant. Il avait fière allure avec ses cheveux bouclés et sa fine moustache. Deux gamins virevoltaient autour d'eux tels de petits singes, dispersant au passage les poules et les canards. Entre les longues mèches de cheveux bruns ruisselant sur leur visage, jaillissait le regard doré de leur mère. Le chien vint à eux et ils entreprirent de le caresser en lui donnant toutes sortes de noms.

Les Daumal accueillirent la famille. La joie inondait de nouveau leurs cœurs. Jeanne présenta Miguel, Achille et Auguste. Augustine fondit en larmes en entendant les prénoms des deux petits sauvageons.

Les jours qui suivirent, Jeanne rendit visite à Marie et lui raconta son histoire. Elles se remémorèrent leurs rêves d'adolescentes. Marie était heureuse que Jeanne ait en grande partie concrétisé les siens. Elle enviait sa liberté, son courage. Au fond, elle savait qu'elle ne quitterait jamais cet endroit, qu'elle n'abandonnerait pas sa mère. Mais au moins, elle avait les livres pour voyager autrement.

Le retour de la jeune femme fit le tour des Herbiers, alimentant toutes les conversations. On parla beaucoup de trahison, plus rarement de courage. Il y en eut même pour imaginer que la bohémienne avait usurpé l'identité de Jeanne Daumal, que ces gens-là étaient tout autant capables de tuer que de voler, qu'ils avaient ça dans leur sang. Nul ne songea à réhabiliter Antonin Besse.

Par la suite, tous les ans, lors de la fête foraine des Herbiers, Jeanne installait sa roulotte sur la place pour lire l'avenir. Elle rendait visite à ses parents. Les Daumal attendaient ce moment comme on attend la pluie sur un semis. Angèle et Roméo vinrent agrandir la famille au fil des années.

À la mort d'Augustine, deux ans après celle d'Achille, Jeanne décida de ne plus revenir aux Herbiers. Marie en éprouva de la peine, mais elle comprenait son amie. Jeanne ne revendiqua jamais son héritage.

Aujourd'hui, la ferme est une ruine. Les toitures éventrées laissent le vent se promener entre les poutres et les chevrons. Il leur parle du long voyage d'une fille d'ici partie courir le vaste monde. Il leur parle d'une femme libre.

Marie constatait dans la glace l'évolution de son corps avec un mélange de crainte et d'innocence. Elle était aussi grande que sa mère. On aurait presque pu les confondre. Seules quelques rides témoignaient de l'écart d'âge. Anna assistait à la métamorphose de sa fille avec une infinie nostalgie. L'enfance était passée très vite, trop vite. Elle faisait tout pour l'étirer encore un peu, cette enfance, tant qu'elle le pouvait, autant pour protéger Marie qu'elle-même.

Tous les dimanches, elles se rendaient ensemble au bourg pour assister à la messe. Sarran était parti pour un autre diocèse. Il avait été remplacé par un jeune curé. De semaine en semaine, Marie réalisait que l'attitude des hommes envers elle changeait. Elle goûtait innocemment au plaisir de séduire, s'amusant des regards fuyants qu'elle surprenait parfois en provenance d'une travée. Tout ce qui avait déserté sa mère, Marie le découvrait. Elle sentait non seulement peser sur elle les regards des garçons, mais aussi ceux des hommes faits, plus discrets, mais non moins concupiscents.

Durant ses interminables prêches, le fougueux curé tentait de diluer les élans de ses ouailles, rangeant l'appel des chairs sur l'étagère honnie des péchés. Il ne parlait que de beauté du cœur et de grandeur de l'âme. On prenait un air grave en l'écoutant, puis on souriait en douce. De notoriété publique, le saint homme ne dédaignait pas expérimenter le démon des sens en dehors de ses heures de bureau, par pure conscience professionnelle, évidemment. Il fallait bien qu'il sache de quoi il retournait pour mieux en parler.

Un jour, après l'office, sur la place du Marronnier, une bigote fit compliment à Anna de la jolie jeune femme que Marie était devenue. Pour Anna, ce fut comme si on lui plantait un couteau dans le dos, comme si, en plus de perdre la part innocente de sa fille, elle-même n'avait plus rien à offrir. La beauté de Marie effaçait en quelque sorte la sienne, et, malgré ses efforts, elle ne tiendrait plus jamais la comparaison. Elle s'en voulut d'éprouver une forme de jalousie que la plupart des mères éprouvent à un moment ou à un autre pour leur fille lorsqu'elle devient femme. L'amour inconditionnel qu'elle portait à Marie n'entrait pas en ligne de compte. Elle savait d'expérience que la vie n'est qu'une éphéméride, que certes les dates se succèdent, mais que le contenu des jours ne varie guère. Anna ne put réprimer un geste d'agacement, répondant sur un ton rogue à la femme qui venait de rendre hommage à la beauté de sa fille que la beauté ne se mange pas en salade. L'autre tourna les talons sans demander son reste. En vérité, Anna savait aussi que la beauté conduit plus facilement à faire de mauvais choix. Elle se radoucit et, tout en regardant s'éloigner la bigote semblable à une chaloupe qui prend l'eau, elle dit à Marie de se méfier des compliments, surtout quand c'était une femme qui en faisait.

C'est ce jour-là, sur cette place où se dressait encore le monument aux morts, qu'Anna prit conscience qu'une femme marchait à ses côtés, que la mécanique du corps s'était emballée, que la volonté d'une mère ne peut rien contre cela. L'image de sa fille radieuse en robe de mariée sur le parvis de l'église, au bras d'un homme sans visage, incendia son regard. Le sang cognait à ses tempes. Elle sentit ses jambes flageoler, et elle inspira longuement afin de reprendre ses esprits.

– Ça va, maman ?

– Allez, viens, on s'en va !

Marie épouserait un homme, et elle suivrait cet homme loin des Vieilles Granges. Les choses se dérouleraient ainsi. L'idée de rester seule, d'être abandonnée une nouvelle fois, terrorisait Anna. Elle n'avait jamais été proche de ses parents. Ils n'étaient pas aimants, pas plus sa mère que son père, et puis ils vieillissaient. Que lui resterait-il alors ? Il n'y aurait plus de raison de continuer, personne pour l'y inciter, personne à qui transmettre l'œuvre des Vialle. Les transmutations de la terre en récolte ne pèseraient plus rien. Elle n'aurait plus qu'à s'allonger sur son lit, dans la chambre obscure que serait devenue son existence, et à se laisser mourir. Elle se prit un instant à regretter de ne pas avoir répondu aux avances de Manian. Ne pensant qu'à la mère, elle avait oublié la femme. Par loyauté, par dévotion, par égoïsme, elle n'aurait su dire.

Elle mit sa fille en garde contre ce nouveau corps qui ne demandait qu'à bouillonner. C'était son rôle, c'était son droit. Elle lui dit de ne pas croire aux contes de fées qu'on raconte aux fillettes, y mettant quelques formes, ajoutant ce qu'il pouvait en coûter de *fauter* trop tôt, maintenant qu'elle était en âge de *faire des petits*. Après qu'Anna eut expliqué tout ce que Marie avait à savoir, avec une urgence qui traduisait sa gêne et un désespoir grandissant, la jeune fille répondit qu'elle n'avait nul besoin d'un homme dans sa vie, que de toute manière elle préférait de loin l'Ulysse d'Homère au Prince Charmant des frères Grimm.

– Je ne suis pas pressée de me laisser aller dans les bras de quelqu'un, de tenir une maison et langer des enfants, si c'est ce qui t'inquiète. Il ne faut pas t'en faire pour ça, c'est pas près d'arriver. Je prendrai soin de toi, maman, comme tu l'as fait pour moi, et même s'il le faut, je te porterai sur mon dos, pour t'épargner les efforts.

– C'est gentil, ma fille. Je sais que tu penses ce que tu dis, mais il viendra un moment où tes épaules auront envie de porter autre chose que la vieille carcasse de ta mère, et ce sera normal.

– Personne ne m'empêchera de faire ce que je dis.

– D'accord, ma fille, je te crois.

Anna ne chercha pas à contredire davantage sa fille. Des larmes lui montèrent aux yeux. Elle savait que la vie ne coule pas toujours dans le sens que croyait alors Marie.

Une année passa. Émile venait plus rarement aux Vieilles Granges. Sa femme avait donné naissance à leur deuxième enfant, une fille prénommée Thérèse. De plus, Robert avait reçu un coup de pied de vache en plein sur un genou pendant l'été. Il était resté alité un mois. Maria s'était occupée de lui comme d'un petit enfant. Il marchait désormais à l'aide d'une canne. Sa convalescence l'avait rendu encore plus exigeant. On le voyait déambuler partout dans la ferme, donnant des consignes à Émile, ou plutôt des ordres. Il ne pouvait plus effectuer les mêmes tâches qu'avant son accident, et son fils n'était jamais à la hauteur. Il trouvait toujours à redire. Maria avait contracté une vilaine bronchite au début de l'hiver, dont elle se remettait difficilement. Au dire du docteur, les séquelles devraient la conduire à se ménager à l'avenir.

Une fois par quinzaine, Émile s'échappait tout de même de La Roche. Il apportait à sa sœur et sa nièce deux grosses tourtes du pain qu'il avait fait cuire. Depuis la mort de Louis, le four des Vieilles Granges demeurait froid. Émile s'épanchait peu sur les tensions qui régnaient chez lui, il donnait le change et ne s'attardait guère, au grand désarroi de Marie.

Début décembre, la neige tomba en abondance, rendant difficiles les déplacements et isolant plus encore les fermes des hameaux. Marie avait pour mission d'entretenir le feu de cheminée, seule source de chaleur dans la maison. Elle fabriqua une sorte de luge avec des lames de bois récupérées sur une vieille barrique qui n'était plus étanche. Elle s'en allait ainsi glaner du bois dans la forêt. Elle était capable de lire les traces, d'identifier les sons qui devenaient plus rares, et forcément plus mystérieux. De retour à la ferme, quand il n'y avait rien à faire, elle se plongeait dans un livre. Anna lui demandait souvent de lire à haute voix, pendant qu'elle tricotait, cousait ou ravaudait, jetant parfois un coup d'œil distrait sur la photo de mariage.

Le soir du 24, mère et fille se préparèrent à se rendre à la messe de minuit. Pour rien au monde Anna n'aurait manqué l'anniversaire de la naissance du divin enfant. Le trajet prenait en temps normal une quinzaine de minutes. Elles en mirent plus du double, à cause de la neige.

Marie s'assit près de sa mère, sur l'avant-dernier banc. L'office débuta, selon le protocole. Lorsque le curé eut consacré l'hostie, les communiants se détachèrent des premières travées, en silence, et gagnèrent l'allée centrale, respectant un ordre parfait. Une voix monta alors sous la nef, une voix douce et harmonieuse. Une voix d'ange :

Ave Maria
Gratia plena
Maria, gratia plena
Maria, gratia plena
Ave, ave Dominus…

Marie n'avait jamais rien entendu d'aussi beau, à part, peut-être, le chant du rossignol, le soir, entre chien et loup. La sensation qu'on chantait pour elle seule. Elle se dressa sur la pointe des pieds, sans parvenir à distinguer qui l'émouvait ainsi. Elle n'aurait su dire s'il s'agissait d'un homme ou d'une femme. Elle rejoignit à son tour l'allée à la suite de sa mère. Les communiants s'écartaient dès qu'ils avaient reçu l'hostie, semblables à des cartes à jouer entraînées dans leur chute par une réaction en chaîne. Anna céda bientôt sa place dans la file, et plus rien n'entrava le regard de Marie. Elle vit alors le jeune homme à la voix d'ange, et ne put détacher son regard de lui… *Le corps du Christ…* qu'elle ne semblait pas connaître… *Le corps du Christ, mon enfant…* qu'elle aurait été capable d'écouter toute la nuit… *Ouvrez la bouche !…* le sentiment que le divin chant les reliait l'un à l'autre par un fil invisible… *Quelque chose ne va pas ?…* Cette voix agissait sur Marie comme un enchantement. Elle se moquait qu'on la regarde. Elle sortit de sa torpeur lorsque le curé haussa un peu le ton. Elle descella enfin les lèvres et accueillit l'hostie sur sa langue. Elle fixa encore un instant le jeune homme, qui la fixait aussi. Elle regagna le banc à contrecœur, se retournant une dernière fois pour l'apercevoir, mais elle l'entendit seulement. La communion terminée, la voix se tut, relayée par les craquements du bois, les frottements des semelles, les raclements de gorge, les chuchotements, et bientôt, la voix de fausset du curé, *Allez dans la paix du Christ !*

Marie n'était pas du tout en paix, elle. Sur le chemin du retour, l'émotion ressentie lors de l'office religieux ne l'avait pas quittée, ne s'atténuait pas au fur et à mesure qu'elle s'éloignait de l'église, au contraire. Il n'y avait pas un souffle de vent. Les étoiles scintillaient, dansaient même, comme si le chant leur parvenait avec du retard.

– C'était une belle messe.

Marie n'entendit pas sa mère.

– Tu ne trouves pas ?

– Je ne trouve pas quoi ?

– Que c'était une belle messe.

– Oui, c'était une très belle messe.

– T'es pas bien bavarde, ma fille.

– Je suis fatiguée, et j'ai froid.

– Justement, ça fait oublier la fatigue de parler, et ça réchauffe.

– Pas autant qu'un bon grog bien chaud.

– Il avait un beau brin de voix, le gamin.

– J'ai pas entendu de gamin chanter.

– Pour moi, c'en est un. J'ai entendu la Marthe Rivière en parler. C'est un des fils Chénier des Grillères. Tu le connais ?

– Je crois pas.

– Tu crois pas ?

– Je veux dire que je crois que je m'en souviendrais. Et puis, je ne traînais pas devant l'école des garçons.

– Je me doute bien, mais des fois, eux, ils traînent devant celle des filles.

– Pas lui, en tout cas.

– J'étais à l'école avec Suzanne, sa mère, puis elle est partie aux Grillères quand elle s'est mariée avec Antoine Chénier. C'est une fille Lascaux. Les parents en ont eu trois. La guerre ne leur en a pris qu'un. Elle a mis trois fils au monde, la Suzanne. Clément, c'est le petit dernier.

– Clément !

– Celui qui chantait ce soir, il s'appelle Clément.

Une fois rentrée, Marie raviva le feu dans la cheminée, puis réchauffa ses mains. Elle demeura un long moment face aux flammes caressant la grosse bûche de châtaignier. Elle n'avait plus envie de grog. La marche l'avait suffisamment réchauffée. Elle attrapa le livre qu'elle était en train de lire, *Les Trois Mousquetaires*, et s'assit près du feu, sur la maie qu'utilisait son père pour pétrir la pâte à pain et qui servait désormais de banc.

Anna souhaita une bonne nuit à sa fille. Elle lui dit qu'elle allait s'esquinter les yeux à force de lire avec aussi peu de lumière. Marie répondit qu'elle terminait son chapitre, puis qu'elle irait au lit.

Anna dormait lorsque Constance Bonacieux échappait pour la deuxième fois aux sbires de Richelieu. Le feu était éteint, quand un mousquetaire à la voix d'ange apparut à Marie dans son sommeil.

Anna avait raison en affirmant qu'il viendrait un moment où Marie ne songerait plus à la porter sur son dos, ce moment où un trouble nouveau travaillerait son ventre, où elle ne penserait plus qu'à cela. La semaine qui suivit la messe de minuit, elle remarqua le manque de concentration de sa fille et ne lui en fit pas reproche. Par nature rêveuse, Marie pouvait se laisser entraîner dans une histoire, après qu'elle eut refermé un livre. Mais ce n'était pas d'Artagnan qui occupait les pensées de la jeune femme.

Clément Chénier ne se rendit pas à l'église le dimanche d'après la messe de minuit, pas non plus les suivants. Marie en éprouva une grande tristesse, qui se mua au fil des semaines en désespoir. Le sentiment d'être désavouée par celui qu'elle priait d'apparaître à nouveau. Qu'avait-elle fait de mal pour que son vœu ne soit pas exaucé ? Ses pensées étaient-elles coupables au point qu'on la juge indigne d'y accéder ? Pourquoi avoir éveillé son cœur, si c'était pour le forcer ensuite au sommeil ? Dieu était-Il ce genre de sadique ?

Dès qu'il y avait une course à faire dans le bourg, Marie

se proposait d'y aller, espérant croiser le jeune homme. On lui avait enseigné la force du destin. Elle était même décidée à le provoquer au besoin, ce fichu destin qui semblait s'amuser d'elle. Ces provocations ne menèrent à rien. Elle revenait aux Vieilles Granges, traînant les pieds, portant des provisions ou quelque ustensile, mais plus vraiment l'espoir de revoir Chénier.

En désespoir de cause, elle envisagea même de se rendre aux Grillères pour le rencontrer. Elle y renonça. Quel prétexte aurait-elle inventé ? *Bonjour, Clément Chénier ! Depuis que je vous ai entendu chanter, je ne pense qu'à vous.* Elle serait sans nul doute passée pour une dévergondée, une fille facile. Ce n'était pas aux jeunes femmes de faire ce genre de démarche.

Le pire s'invita dans sa tête. Comment n'y avait-elle pas pensé plus tôt ? Chénier était promis à une autre. Cette pensée la plongea dans un profond chagrin. C'était décidé. Puisque le destin avait placé Clément sur sa route pour le retirer aussitôt, elle finirait sa vie seule. Aucun homme ne tiendrait la comparaison avec celui dont elle avait imaginé partager la vie, alors qu'elle ne connaissait que le son de sa voix et que seuls ses yeux avaient embrassé sa silhouette.

Dans les jours qui suivirent, elle tenta bien de se raisonner. Après tout, elle avait sûrement idéalisé le jeune homme. Comment se projeter avec quelqu'un à qui elle n'avait jamais parlé ? Elle devait se ressaisir, passer à autre chose, oublier définitivement ce Chénier. Elle se jeta à corps perdu dans le travail, et aussi dans les livres, qui parlaient trop souvent d'amours impossibles. Malgré tous ses efforts, elle ne parvenait pas à se convaincre, la voix d'ange revenait sans cesse et montait dans le chœur de son âme.

Et puis, il y eut cette messe de Pâques. Anna et Marie entrèrent dans l'église les dernières. Des soins prodigués à un veau malade les avaient retardées. À peine furent-elles installées, l'*Ave Maria* monta sous la nef. On aurait dit que le chant émanait du Christ crucifié derrière l'autel, à l'avant-scène du vitrail sur lequel un saint parlait à une poignée de disciples. Cette voix était miraculeuse. L'émotion ressentie la première fois par Marie était intacte. Elle se dressa sur la pointe des pieds pour vérifier qu'elle ne rêvait pas. Clément Chénier était à la même place, comme s'il n'en avait pas bougé, comme s'il l'attendait.

À l'issue de l'office, elle dit à sa mère qu'elle avait prévu d'emprunter quelques livres à Mlle Glassmann. Anna proposa de l'accompagner. Marie rétorqua qu'elle n'en avait pas pour longtemps, qu'elle serait rentrée pour midi, et puis il y avait ce veau qui réclamait peut-être de nouveaux soins. Elles ne pouvaient pas se permettre de le perdre. Anna remarqua la nervosité inhabituelle de sa fille.

– On dirait que tu cherches à te débarrasser de moi.

– Qu'est-ce que tu racontes ?

– Tu as l'air bien excitée à l'idée d'aller chez l'institutrice.

– C'est juste que je n'ai plus de livres à lire… À tout à l'heure, maman !

Marie fit mine de prendre le chemin des Cardons, qui menait chez Mlle Glassmann, puis contourna l'église. Elle vérifia que sa mère n'était plus dans les parages et se posta sous la statue de la Vierge Marie sertie dans une alcôve du pignon sud. De cet emplacement, elle ne manquerait pas la sortie de Chénier, toujours à l'intérieur de l'église, probablement en train de discuter avec le curé. Elle réfléchissait à la manière de l'aborder, mais rien ne lui venait. Elle ne voulait pas paraître idiote, ou trop pressante. Que dire, alors ? Valait-il mieux renoncer que de tout gâcher ? Mais si l'occasion ne se représentait plus, elle traînerait le regret toute sa vie. *Un désir inassouvi laisse dans son sillage le rêve de sa réalisation*, avait-elle lu quelque part. Elle ne laisserait pas passer sa chance. Si le jeune homme la rabrouait, elle aurait au moins tout tenté. Elle frotta nerveusement ses mains sur sa robe pour en essuyer la moiteur, concentrée sur ce désir qui venait de renaître, persuadée que s'il demeurait inassouvi, cela entraînerait la perte d'une chose considérable qu'elle ne savait pas posséder avant de rencontrer ce garçon. Même s'ils ne s'étaient pas encore parlé, elle savait qu'ils s'étaient rencontrés. Elle ne connaissait pas d'autre mot que « chose » pour amalgamer le sentiment, la voix et son rêve le plus ardent. Une ancienne camarade d'école vint lui parler. Marie désigna la Vierge de la tête, signifiant qu'elle était occupée à prier. L'autre s'excusa de l'avoir dérangée et s'en alla désappointée.

La place s'était en grande partie vidée, lorsque Clément sortit de l'église. Marie ne lui laissa pas le temps de s'éloigner. Elle l'aborda d'un air désinvolte, comme si elle était là par hasard. Elle dit qu'elle n'avait jamais entendu de voix aussi belle que la sienne. Décontenancé, le jeune homme baissa les yeux et rougit. Un silence s'installa. Marie le combla aussitôt, afin que la gêne ne le fasse pas fuir. Elle se présenta. Clément regardait maintenant cette jolie jeune fille aux yeux verts qui souriait timidement. Une fois qu'il eut pris un peu confiance, ils se mirent à discuter de banalités. Il baissa de nouveau les yeux, réalisant qu'ils s'attardaient trop sur le galbe d'un sein. Quand la cloche sonna, ils se turent, le temps que s'égrènent les douze coups. La place était maintenant déserte, hormis deux silhouettes mutiques épinglées par les rayons du soleil d'avril. Clément était sous le charme, son regard aspiré dans celui de Marie. Aucun d'eux n'avait envie de partir, de se séparer, c'était évident. Leur avenir se joua devant le portail de l'église, que recouvrait lentement l'ombre du marronnier en une sombre dentelle. Même si la jeune femme avait su ce que lui réservait l'avenir, elle n'aurait rien changé au déroulement de cette journée.

Au moment de la quitter, Clément lui dit : *À bientôt, Marie !* Simplement cela, comme s'il n'avait pas besoin de fixer le lieu, le jour et l'heure d'un autre rendez-vous, comme si l'évidence était telle qu'ils étaient l'un et l'autre en mesure de dicter leur loi au destin. *Marie*, personne n'avait jamais prononcé son prénom de cette manière, avec une telle intonation, proche du chant, le genre de vibration musicale qui avait envoûté la jeune femme au soir du 24 décembre, lorsqu'elle avait imaginé qu'il chantait pour elle seule. En ce jour béni d'avril, la sensation devenait certitude et la certitude, croyance. Marie ne s'était pas trompée, elle savait qu'elle n'aurait plus à forcer le destin. Si Clément avait tenté de l'embrasser à ce moment-là, ou au moins de la prendre dans ses bras, elle n'aurait pas résisté, se moquant du couple Madranges derrière la vitrine rutilante de leur quincaillerie située de l'autre côté de la route, là où l'on pouvait trouver n'importe quel article et les derniers ragots. Ils venaient de fermer, après avoir servi un dernier client. Les Madranges n'allaient jamais à la messe, eux, par peur de manquer les premiers acheteurs qui déboulaient en masse après l'office. Un contrat passé de longue date avec le Tout-Puissant. Vêtus de blouses grises, maigres comme des clous, austères personnages de Grant Wood, ils se tenaient raides sous leur nom déployé en arc de cercle, au bout duquel ils avaient abandonné l'idée d'ajouter un « et fils ». Chaque fois qu'un gamin pénétrait dans la boutique, sa seule présence suffisait à leur interdire le deuil de l'enfant qu'ils n'avaient su créer. Ce fils qui leur aurait donné, en somme, l'illusion de durer le temps d'une éternité à la mesure des gens d'ici. Une éternité n'allant guère au-delà d'une génération. Le souvenir de la guerre était encore frais.

Ainsi figés, on les aurait dits pris sous une plaque de verre, semblables à un de ces daguerréotypes qui donnent au passé l'illusion du présent. Ils ruminaient déjà ce qu'ils allaient colporter, se concertant en silence, comme s'ils étaient dans le secret de leur divin voisin, comme si ça leur coûtait d'être ce genre d'élus, mais qu'ils endossaient ce rôle de bonne grâce. Il ne fallait pas leur en vouloir. Ils souffraient le martyre et n'en parlaient jamais, surtout pas entre eux. Il n'y a aucune raison d'en vouloir à ceux que ruinent les regrets, ils n'ont d'autre choix pour survivre que d'essaimer ce que leurs yeux ont vu, de laisser leur imagination broder et de souhaiter bien souvent le malheur des autres, afin de diluer un peu de leur souffrance.

À la disparition des Madranges, il ne resterait rien de ce qu'ils avaient fondé, rien des couteaux au manche en corne, des sabots en bois, des bottes et des demi-bottes, des bottillons de cuir, des pantoufles de feutre, des sachets de graines, des pièges à rongeurs, des rouleaux de ficelle, des bobines de fil de fer, des paquets de bonbons, des bâtons de réglisse, des boutons de porte en porcelaine, des bocaux en verre, des caoutchoucs sertisseurs, des casquettes en toile et des chapeaux en paille, des lessiveuses, des casseroles et des marmites, des assiettes, des bols et des plats en grès, des bouteilles à fermoir, des moulins à café, des porte-plume et des plumes Sergent-Major, des encriers, des sachets de bouillie bordelaise, des cristaux de soude, des arrosoirs, des cannes à pêche, des nasses à poissons en osier, des balances à écrevisses, des tortillons à mouches, des lampes à pétrole, des bougies, des sulfateuses en cuivre, des fourches à fumier, des crocs, des râteaux, de la faux qui les coucherait et de la pelle qui les ensevelirait.

Quant au soleil, il ne changerait pas sa course, et chaque pierre du parvis garderait le souvenir d'un amour foudroyant.

Les carottes braisées et le râble de lapin avaient refroidi dans l'assiette de Marie et elle continuait de les triturer d'un air absent, sans porter la moindre bouchée à ses lèvres.

– T'as pas faim, ma fille ?

– Non, pas bien.

– C'est la messe qui t'a coupé l'appétit ?

– J'ai pas faim, c'est tout.

– T'es pas malade, au moins ?

– Non, non, ça va.

Anna attrapa l'assiette de sa fille et versa les restes dans la cocotte.

– À moins que...

– À moins que quoi ?

Anna hocha la tête, se leva, saisit les anses de la cocotte et la souleva. De grosses veines bleutées enflèrent sur ses avant-bras. Elle se retourna et s'en alla déposer son fardeau sur un trépied. Une fois redressée, elle demeura immobile et inspira longuement. Il faut dire que je parle d'un monde où l'on se retourne pour dire les choses importantes, où l'on se donne l'illusion de parler à soi-même pour franchir le pas.

– À moins que tu aies un autre genre d'appétit.

– Qu'est-ce que tu veux dire ?

– T'avais pas de livres dans les mains quand tu es rentrée. Je croyais que tu voulais en emprunter à l'institutrice.

– Elle… elle n'était pas chez elle.

– Ah bon ! Tu as mis du temps à t'en apercevoir.

– C'est dimanche, j'ai flâné. Je peux quand même prendre un peu de temps pour moi.

– Prends pas la mouche, ma fille ! Je te reproche rien. Tu trimes suffisamment pour prendre le temps de te balader… Si c'est que ça.

Marie ne répondit rien, pensant que sa mère en avait terminé.

– Mais je vois bien qu'il y a quelque chose qui te tracasse.

– Tout ça parce que je ne mange pas.

– Je ne suis pas idiote.

– Qui dit ça ?

Anna prit un temps avant de poursuivre :

– Peut-être… peut-être que je redoutais ce moment.

– Quel moment ?

– Celui où t'aurais pas envie de toucher à ton assiette.

– Arrête, maman, s'il te plaît !

Anna connaissait ce trouble qui coupe l'appétit et envoie ailleurs, en un lieu mystérieux qui fait oublier tous les autres. Elle l'avait ressenti des années auparavant, et sa fille venait d'en raviver le souvenir, plus sûrement que la photo du bahut.

– Tu sais ce que je me demande, là, tout de suite ?

– Non, je sais pas.

– Si j'ai été une bonne mère pour toi.

– La meilleure qui soit, et tu l'es toujours.

Anna se retourna. Les veines s'étaient maintenant réfugiées sous la peau.

– C'est pas une vie facile qu'on a, nous autres.

– C'est la nôtre, on n'y peut rien.

– Justement, si j'avais pu, je t'aurais laissée continuer l'école. Tu étais rudement douée. Je m'en veux souvent de pas avoir pu t'offrir plus.

– Tu n'es responsable de rien, maman. Et puis, ma vie me convient comme elle est.

– Je t'ai mise au monde, c'est une responsabilité, la plus grande de toutes.

Anna revint à table. Elle se laissa tomber sur sa chaise, comme si jusque-là une corde invisible l'avait maintenue debout et venait de se distendre. Marie surprit le coup d'œil jeté par sa mère à la photo.

– Je vois bien qu'il te manque.

– Pas celui qui est revenu de la guerre en tout cas.

– Et l'autre ?

– Sûrement, oui.

– Pourquoi tu n'en parles jamais, de celui que je n'ai pas connu ?

– Je t'en parlerai un jour, mais pas aujourd'hui.

Mère et fille demeurèrent silencieuses durant de longues minutes. Dehors, des hirondelles entraient et sortaient des étables en criant, tels de petits démons au visage barbouillé du sang de leurs victimes, et à l'intérieur, les vaches agitaient leurs chaînes, impatientes d'aller respirer l'air frais et goûter l'herbe tendre que la neige avait amendée une bonne partie de l'hiver.

– Au fait, le petit veau s'est remis sur ses pattes. Je crois qu'il va s'en sortir.

– Tant mieux, maman. C'est une bonne nouvelle.

Le dimanche suivant, à la sortie de l'église, Anna épia les regards échangés entre le jeune Chénier et Marie. Deux longs sillons biscornus se creusèrent sur son front.

– Je suppose que tu as l'intention de passer chez l'institutrice.

– J'en avais l'intention, oui.

– J'espère qu'elle sera là, cette fois.

– Je ne rentrerai pas tard, maman.

– Tu feras bien comme tu voudras.

Anna prit la route des Vieilles Granges. Son pas était lourd et son corps empli d'amertume. Elle allait de zig en zag, comme si elle évitait des obstacles invisibles. Elle envisagea de dévier de sa trajectoire, de se perdre dans les bois, mais elle les connaissait par cœur. Des larmes vinrent à ses yeux Elle regarda machinalement autour d'elle. Il n'aurait plus manqué qu'on la voie se donner ainsi en spectacle. Elle pensa à l'ivresse ressentie quand elle avait rencontré Louis, au bonheur des premières années, au calvaire des dernières. Elle aurait tout donné pour revenir en arrière, au temps d'avant, sentir Marie sur son dos, la faire descendre dans son ventre, la garder là, à l'intérieur d'elle, pour toujours, qu'elle n'en sorte jamais pour ne pas qu'un homme la lui vole et en fasse une mère à son tour. Elle aurait aussi tout donné pour porter les enfants de sa propre fille sur son dos, les lui offrir et disparaître. Disparaître, oui, ne jamais devenir un poids pour quiconque, et surtout pas pour elle-même. Elle balaya la vision de son ventre gonflé. Elle devait se reprendre.

Elle s'était renseignée. Les Chénier avaient bonne réputation aux Herbiers, des gens discrets, travailleurs et respectables. « Gentil » était l'adjectif qui revenait le plus souvent lorsqu'on parlait du cadet, Clément. Rien ne semblait pouvoir se mettre en travers des regards qu'elle avait surpris devant l'église, pas même elle.

Arrivée à la ferme, elle alluma le four, déplia une toile sur la table, puis attrapa le levain, de la farine, du sel, des œufs, du sucre, du lait et une motte de beurre. Elle mélangea les ingrédients, ainsi que sa mère lui avait appris, et se mit à pétrir avec une rage peu commune. De temps à autre, elle relevait la mèche tombant devant ses yeux rougis. Une traînée de farine, collée par la sueur, zébrait son front. Les larmes se remirent à couler, se mélangeant à la mixture.

Pendant que la pâte levait, elle sortit sur la plus haute marche de l'escalier. De l'ongle, elle gratta les fragments de mixture collés entre ses doigts et les jeta en pâture aux volailles, fixant le haut de la cour, où nulle n'apparaissait encore. Elle frotta ses mains l'une contre l'autre pour en faire tomber les derniers résidus, puis descendit à la cave chercher un bocal de compote de pommes. De retour à l'intérieur de la maison, elle étala la pâte sur une tôle ronde et la garnit de compote. Elle enfourna le tout et s'assit à la table, sans même ranger les ingrédients et les coquilles d'œufs brisées, répétant dans sa tête ce qu'elle allait dire à sa fille.

Marie rentra un peu avant midi, un livre dans une main. Elle était rayonnante.

– Ça sent rudement bon. Tu as fait un gâteau ?

– Un pâté levé. Après tout, c'est dimanche.

– Tu aurais dû m'attendre, je t'aurais aidée.

– Je pensais pas que tu rentrerais si tôt. Je voulais te faire plaisir.

– C'est gentil.

Anna se leva, sortit le gâteau du four à l'aide d'un torchon et le déposa sur le fer à cheval servant de dessous-de-plat.

– On dirait que l'institutrice était chez elle, cette fois.

– Comme tu vois.

Elles se tenaient de part et d'autre de la table, et une fumée s'élevait mollement au-dessus du gâteau.

– T'as rien à me dire, ma fille ?

– Qu'est-ce qui te fait croire ça ?

– J'ai des yeux pour voir, tu sais. J'ai remarqué votre manège, à toi et ce... gamin.

– Clément n'est pas un gamin, maman.

– Si tu veux. Il t'a dit ses intentions ?

– C'est seulement la deuxième fois qu'on se parle.

– Une fois suffit bien souvent.

– On a le temps.

– Le temps, il nous rattrape vite, et on l'a pas vu venir, crois-en mon expérience.

– T'inquiète pas, maman.

– Ce serait pas normal, si je m'inquiétais pas. Je veux que tu saches que j'irai jamais contre ce que tu décideras. Si tu penses que c'est le bon, je veux dire.

– D'accord, maman, on verra le moment venu…

– Et s'il y a des questions que tu te poses, j'y répondrai du mieux que je pourrai. Je veux parler de ce que je sais de la manière dont ça se passe entre un homme et une femme.

Marie baissa les yeux, gênée par les sous-entendus de sa mère.

– On n'en est pas encore là.

– Ça aussi, ça arrive des fois plus vite que prévu. Les hommes sont plus pressés de ces choses-là que nous autres les femmes, et on peut difficilement les leur refuser.

Anna avait dit tout ce qu'elle avait prévu de dire. Pour ne pas en rajouter, elle demanda à sa fille si elle avait retrouvé l'appétit. Marie sourit tendrement. Elle fit le tour de la table, passa la pulpe d'un pouce sur sa langue et essuya la farine sur le front de sa mère. Anna lui saisit alors le poignet, aussi fermement que son père au moment de mourir.

– Je ne crois pas t'avoir dit combien tu comptes pour moi.

– Autant que tu comptes pour moi, j'imagine.

– Alors, c'est beaucoup.

Les contraintes semblaient plus légères à Marie. Chaque dimanche, après la messe, Clément la raccompagnait aux Vieilles Granges. Ils abordaient toutes sortes de sujets en chemin et se racontaient leur quotidien. Ils plaisantaient des vieilles bigotes. Clément imitait à la perfection la Marthe Vidal, dont les vocalises ravageaient leurs tympans lors des offices. Cela faisait beaucoup rire Marie. Leur complicité grandissait de semaine en semaine. Ils envisageaient la vie de la même manière, la vie à deux, la vie à plus, pour l'instant en secret.

Clément abandonnait la jeune femme à quelques encablures de la ferme. Il ne se sentait pas encore prêt à affronter Anna, qui lui jetait de temps à autre des regards froids pendant la messe. *À bientôt, Marie !* disait-il, le cœur en joie.

Après le premier office de juin, avant de quitter Marie, Clément ne dit pas *À bientôt*, et il ne souriait pas. Il prit la main de la jeune femme dans la sienne. Jusqu'à la fin de sa vie, elle se souviendrait de ce contact qu'elle avait tant souhaité. Un contact naturel, rassurant, comme si cette paume déjà travaillée par l'effort était faite pour l'accueillir tout entière. À l'avenir, ils prirent l'habitude de marcher ainsi, main dans la main, sans plus jamais craindre les silences qui s'installaient parfois, et dans lesquels ils se rejoignaient toujours.

En juillet, ils se donnèrent rendez-vous à la fête foraine. Clément gagna un énorme ours en peluche à un stand de loterie. L'animal était d'un jaune pisseux, mal proportionné, et ses yeux, sa bouche et son museau étaient matérialisés par des boutons de différentes tailles et couleurs. Il l'offrit à Marie. Elle dit que c'était le plus beau cadeau qu'on lui ait fait à ce jour. Il répondit qu'on n'avait pas dû lui en faire souvent, des cadeaux. Elle embrassa le jeune homme sur la joue pour le remercier, puis ils déambulèrent entre les attractions et les baraques à friandises, bercés par les harangues des forains et la musique d'un orgue de Barbarie. Ils discutèrent avec d'anciens camarades d'école, mangèrent des beignets et dévidèrent une seule quenouille de barbe à papa en riant.

Jeanne Daumal lisait l'avenir dans sa roulotte. Marie entra la saluer et lui présenta Clément. Jeanne serra la main du jeune homme, et son amie dans ses bras. Elle était tellement heureuse de la revoir et de connaître *son amoureux*. Elle leur demanda de tendre une paume de main. Elle se concentra et se mit à déchiffrer les lignes de vie. Ses yeux allaient de l'une à l'autre et son regard devint de plus en plus profond et lumineux, comme si une prodigieuse énergie était absorbée par un trou noir. Jeanne sembla ensuite se réveiller d'un songe. Elle hésita un court instant.

Elle dit qu'elle voyait de l'amour, beaucoup d'amour, puis referma la main de Marie et la garda un moment dans les siennes, ajoutant qu'il y avait tant d'amour qu'on ne voyait que cela. Dehors, des gens piaffaient de connaître ce que leur réservait le futur. Clément remercia Jeanne et sortit pour laisser quelques secondes d'intimité aux deux jeunes femmes. Marie demanda à Jeanne comment elle le trouvait. Jeanne répondit qu'elle le trouvait charmant et très attentionné. Puis elles s'embrassèrent et se souhaitèrent le meilleur.

Un air d'accordéon monta dans l'air, et l'orgue de Barbarie se tut. Le couple pressa le pas jusqu'au dancing installé en plein air. Ils dansèrent des valses et des marches et une de ces bourrées où les hommes paradent autour de leur belle, levant les bras tels de petits primates enamourés. Ils s'arrêtèrent à bout de souffle, ivres de bonheur et les tempes en sueur. Ils s'éloignèrent vers le mur d'enceinte qui surplombait la route. Les sombres ramures d'un noisetier se balançaient mollement dans l'air chaud. Clément entraîna Marie derrière le préau. Il l'attira à lui et l'embrassa sur les lèvres, d'abord maladroitement, puis il recommença, avec douceur et tendresse. Leur amour trouva asile dans ces baisers au goût sucré. Marie pensa alors que rien de grave ne pourrait arriver, que Clément prendrait soin d'elle, qu'il la protégerait, qu'il serait l'homme de sa vie. Et il le fut.

Un long article dans le journal relata le terrible séisme qui venait de faire des centaines de morts à Naples. Aux Vieilles Granges, de violents orages déversèrent des pluies torrentielles, noyant les derniers jours de juillet. Les foins n'étaient même pas encore rentrés.

Marie avait prévenu sa mère que Clément viendrait ce soir-là. Il pleuvait encore et le tonnerre grondait au loin. Anna n'avait fait aucun commentaire. Quand on frappa à la porte, la jeune femme se précipita pour ouvrir. Clément apparut sur le seuil. L'eau ruisselait de sa casquette, et son visage brillait à la lueur de la lampe-tempête qu'il tenait à bout de bras. Anna était campée à l'autre bout de la pièce, raide, poings fermés enfoncés dans les poches de sa robe, regard impénétrable, face à l'apparition que l'orage n'avait su éloigner. Le courant d'air amusait la flamme d'une grosse bougie et une soupe de légumes cuisait dans une marmite posée sur le trépied.

Marie fit entrer le jeune homme et referma la porte derrière lui. Elle le débarrassa de sa veste détrempée. D'un air emprunté, il bredouilla un « Bonsoir » à l'attention d'Anna.

Pour toute réponse, il reçut une moue dédaigneuse. Il se tourna vers Marie pour qu'elle vienne à son secours. La jeune femme fit un mouvement des bras, comme quand on offre quelque chose qu'on aimerait bien recevoir soi-même, avec un petit sourire qui en disait long sur la confiance qu'elle plaçait en lui. Constatant qu'il ne bénéficierait d'aucune aide, Clément éteignit la lampe, la déposa au sol, retira ses sabots crottés et sa casquette ruisselante. Puis il avança en direction d'Anna, tendant une main qu'elle mit du temps à saisir.

– Vous avez une bien jolie maison, madame.

– Et c'est pour me complimenter sur ma maison que tu as affronté l'orage, je suppose ?

– Pas vraiment, comme vous devez vous en douter.

– Je m'en doute.

Clément jeta un coup d'œil à Marie, avala sa salive et baissa les yeux.

– Ma fille aussi, tu la trouves jolie ?

– C'est pas moi qui dirai le contraire.

– Qu'est-ce que tu diras alors ?

– J'aimerais vous demander sa main.

– Tu aimerais, ou tu me la demandes ?

– Je vous la demande.

– Tu as des sentiments sincères pour elle ?

– Je serais pas là, sinon.

– Et toi, ma fille, tu en as pour lui ?

– Oui, maman, j'en ai pour Clément.

– Tu en es bien sûre ?

– Certaine.

Anna prit une longue inspiration. Sa grande peur de se

retrouver seule revint au galop. Elle se tourna vers Clément. Ses lèvres se mirent à trembler.

– Cette main que tu me demandes, tu l'emmènerais où ?

– Pas bien loin.

– Aux Grillères, j'imagine !

– J'ai deux frères, ils sont déjà mariés. Je suis le dernier-né. La ferme n'est pas assez grande pour faire vivre tout le monde. Si vous étiez d'accord, je pourrais m'installer ici.

Le ventre d'Anna se dénoua, mais elle ne laissa rien paraître.

– Tu as conscience que les Vieilles Granges m'appartiennent. J'ai pas l'intention d'en faire cadeau.

– Il ne s'agit pas de ça…

– Si tu maries ma fille, tu en deviendras aussi un jour le propriétaire, au même titre qu'elle.

– Et ça vous gênerait ?

– Tu as un beau brin de voix, mais ça ne suffit pas pour faire tourner une ferme.

– J'ai appris, et puis je suis honnête et travailleur, vous savez.

– Je me doute que tu ne vas pas dire le contraire. Il y a de meilleurs partis au village.

– Je ne viendrais pas les mains vides. J'ai quelques économies et mes parents me donneront sûrement aussi un peu d'argent.

– Tes parents, ils connaissent tes intentions ?

– Pas encore. On voulait d'abord avoir votre bénédiction.

– Ma bénédiction.

– Oui, votre bénédiction.

Anna désigna sa fille du menton.

– Sors une assiette supplémentaire. J'imagine que ton futur mari doit avoir faim.

Elle n'avait pas imaginé que le couple s'installerait aux Vieilles Granges. Bien sûr, elle savait que l'arrivée de Chénier bousculerait son organisation avec sa fille. Elle avait tenu à mettre les points sur les *i*, sans vraiment y mettre les formes. Elle veillerait à ce que Chénier ne prenne pas trop ses aises, le temps qu'elle le jauge. Marie n'était pas une écervelée. Elle n'aurait jamais choisi quelqu'un qui n'ait pas de belles qualités humaines. Anna lui avait appris à se méfier des gens, à déchiffrer leurs intentions. À voir le jeune homme boire sa fille des yeux, elle ne doutait plus de sa sincérité.

Marie était radieuse. Elle mit le couvert et descendit à la cave tirer un pichet de cidre à une barrique. Tout le monde s'attabla et on soupa, d'abord en silence. Puis Anna posa quelques questions sur la manière dont Clément envisageait l'agriculture. Il répondit sans détour, ajoutant qu'il ferait tout pour être digne de sa confiance. Dehors, l'orage s'était tu et la pluie avait cessé de tomber.

Il arriva par la route des Genêts, qui n'était encore qu'un mauvais chemin de terre, par un matin d'automne, deux jours avant la célébration du mariage. Les deux familles s'étaient rencontrées pour convenir des modalités. Les Chénier étaient des gens simples, pragmatiques et aussi généreux que leurs moyens le permettaient. On avait décidé de fournir à parts égales les viandes et les légumes. Les pâtisseries seraient achetées chez le pâtissier des Ormeaux. Des amis musiciens viendraient mettre l'ambiance.

Le ciel était limpide. L'air était tiède et suppurait d'insectes tout juste éclos, bien plus lents qu'à la belle saison. La mort les saisirait probablement pendant la nuit, puisque l'absence de vent promettait la gelée.

L'ombre de Clément se tenait à main gauche et fauchait le talus d'herbes sèches et de lamiers fanés. Derrière lui, un bœuf placide tirait le tombereau transportant une grosse malle et un vieux sac en toile dans lesquels il avait amassé l'ensemble de ses possessions. De temps à autre, il ralentissait l'allure, flattait l'encolure de l'animal et lui confiait quelque secret en rapport avec sa future femme. Le bœuf ralentissait aussi, balançait sa lourde tête en cadence, comme s'il acquiesçait, puis l'homme reprenait deux ou trois foulées d'avance.

Il se mit à chanter. Un *Ave Maria* monta depuis sa gorge, enveloppant sa marche d'une douce mélopée. Enfin, pas tout à fait un *Ave Maria*, car en tendant l'oreille, on percevait qu'il laissait traîner le *i*, *Ave Mariiiii*, et il poussait la note autant que son souffle le permettait. La joie était en lui, et il l'offrait aux oiseaux, aux arbres et aux herbes sauvages. Les choses les plus insignifiantes en temps normal étaient recouvertes de beauté, et ce n'était pas dû à la seule grâce de ces choses, mais à la jeune femme qui emplissait son cœur. Bien sûr, il savait qu'il y aurait des moments difficiles, mais il ne les traverserait pas seul. Ces moments auraient enfin un sens, une valeur incomparable.

Il n'était pas vraiment serein, mais confiant, sûrement. Il avait rencontré celle qui le rendrait heureux et qu'il se jurait de rendre heureuse. Ce n'était pas donné à tout le monde de faire ce genre de rencontre dans une vie. Sa mère avait les yeux mouillés quand il avait quitté les Grillères. Il ne s'était pas attardé. On ne quitte pas son berceau sans éprouver la peur de l'inconnu. On a beau y avoir réfléchi longuement, en avoir fantasmé les contours, le manque et la peur ne cessent de grandir avec l'éloignement, jusqu'à trouver leur juste place. C'est lorsqu'on ne craint rien qu'on risque de se perdre en chemin.

À vingt et un ans, Clément ne savait pas grand-chose de la vie, si tant est qu'on en sache davantage à quarante, soixante, quatre-vingts, ou même cent. Depuis son jeune âge, ses parents lui avaient appris tout ce qu'il fallait pour être un bon paysan et rien pour devenir un homme. On lui avait enseigné les gestes du travailleur, omettant de lui en révéler d'autres, tout aussi importants, de ceux qu'attend une femme quand elle est dans vos bras. Et ce n'étaient pas les blagues graveleuses des anciens, entendues à l'issue des repas ou dans les bistrots du village, qui seraient secourables. Les grandes gueules s'étaient trouvées tout aussi démunies devant la femme offerte, qui en savait toujours plus qu'eux, même si elle ne le montrait pas. S'ils évoquaient à présent leur expérience, c'était par pure vantardise, pour se dédouaner de n'avoir pas su faire. Ils gardaient tous en mémoire ce moment où la grande lumière avait surgi dans leur corps de sauvage. Alors, en public, ils s'inventaient de l'assurance et une connaissance des tournures secrètes des femmes. Ils en faisaient des gorges chaudes, ça ne descendait jamais plus bas. Ils s'en faisaient une carapace, qui finissait toujours par céder une fois seuls, dans le silence, durant ces instants où leur voix ne servait plus à rien. Ces hommes habillés d'impuissance, de peur et souvent de colère.

Clément s'arrêta sur un promontoire, à quelques encablures de la ferme, qu'il ne distinguait pas encore. Il contempla un long moment le paysage. Les prairies avaient offert le regain, les forêts commençaient à brunir, et au loin, la chaîne de montagnes dessinait un piètre barrage à l'horizon. Il lui faudrait s'inscrire dans cette nature semblable à celle qu'il venait de quitter, sans véritables armes et guère plus de bagages. Il lui faudrait trouver sa place auprès de la femme aimée et de sa mère, sans déranger de trop, fonder une nouvelle dynastie de Chénier sur la terre sans mâle des Vieilles Granges, faire des enfants qui feraient à leur tour des enfants, engranger des vies dans le grenier du temps. Il imagina à quoi ressembleraient ces petits êtres qu'il concevrait avec Marie, se promettant de leur transmettre de quoi asservir leurs peurs, autant que faire se peut.

Lorsque sa rêverie prit fin, il claqua la langue, invitant le bœuf à se remettre en route. Les Vieilles Granges apparurent au loin. La petite ferme aux toits d'ardoise valait bien un royaume, pensa Clément. Il se donnerait corps et âme pour en être digne. Un chien se mit bientôt à aboyer. Il se porta à la rencontre de l'attelage en trottinant. Le bœuf renâcla en le voyant. Le chien renifla les sabots de celui qui l'avait souvent caressé quand il raccompagnait Marie après la messe, celui qui allait devenir son maître.

Le curé bénit l'union des amoureux le 8 octobre 1930, en l'église des Herbiers. Ce jour-là, Clément ne chanta pas, mais sa voix résonna pourtant tout au long de la cérémonie dans l'esprit de Marie. Anna gorgea de larmes un mouchoir brodé. La mère du marié ne fut pas en reste. Le vin d'honneur et le repas se déroulèrent aux Grillères, dans la grange des Chénier. Il y eut des rires, de la musique et de la viande saoule. Le jeune Ernest Soulage remporta la brassière et se maria dans l'année à Mathilde Verlac.

Marie et Clément s'éclipsèrent après le dessert, selon la tradition. On feignit de ne pas remarquer leur départ. On connaissait le rituel. Ils firent pour la première fois l'amour dans le lit du jeune marié et s'endormirent dans les bras l'un de l'autre. Plus tard dans la nuit, les noceurs vinrent les réveiller en chantant à tue-tête. Ils mangèrent une soupe à l'oignon dans un pot de chambre, qu'ils garderaient en souvenir. L'union se présentait sous les meilleurs auspices.

Le lendemain, le couple attendit qu'on ait servi les restes

aux derniers invités, puis rejoignit les Vieilles Granges. Le soir, tout le monde se coucha de bonne heure pour récupérer des festivités.

Clément se leva aux aurores et sortit se raser dans la cour. Le soleil jouait des coudes entre les châtaigniers. Marie dormait encore. Derrière la vitre, Anna observait le jeune homme se tenant dos à elle, face à la vasque en pierre posée sur le rebord du puits. Malgré la fraîcheur, il était torse nu. Ses bretelles tombaient sur ses jambes de pantalon avec une belle symétrie, telles de fines ailes au repos. Une vague d'émotion submergea Anna. En cet instant, ce n'était pas son gendre qui faisait glisser la lame du coupe-chou sur sa joue, puis l'essuyait à l'aide d'une serviette brodée de ses initiales. Ce ne fut pas Clément durant deux ou trois minutes, jusqu'à ce qu'il se jette un peu d'eau au visage, enfile une chemise, ajuste les bretelles sur ses épaules, la droite d'abord, puis se retourne. Elle se frotta alors les yeux et se racla la gorge afin de s'éclaircir la voix.

Lorsque Clément entra dans la maison, les bols étaient sur la table et une odeur de café embaumait la pièce. Il remarqua les yeux gonflés et rougis de sa belle-mère. Il ne dit rien, comme s'il avait compris à quelle place la mémoire d'Anna venait de l'élever. Elle servit le café et ils s'assirent à la table. Elle jeta un sucre dans son bol et poussa la boîte vers Clément.

– Tu t'es levé bien tôt.

– Le travail n'attend pas.

– C'est ma foi vrai, mais tu pouvais te reposer un peu plus longtemps, après vos noces.

– Je sais pas bien dormir le matin.

– Alors.

– C'était un beau mariage. On n'a pas eu le temps d'en parler.

– Oui, tout le monde avait l'air content.

Clément souffla sur le café fumant, but une gorgée et dit :

– Je crois pas vous avoir remerciée autant que je devrais.

– C'est en t'occupant bien de ma fille que tu me remercieras le mieux.

– Vous pouvez compter sur moi… Je tenais aussi à vous dire que j'ai bien conscience que c'est pas facile pour vous de m'accepter ici.

– Tu es là, maintenant.

– Je ne veux rien vous prendre, vous savez.

– Tu serais bien le premier homme à ne rien prendre.

Anna s'en voulut aussitôt de sa réaction.

– Je sais combien elle est importante pour vous, et vous pour elle.

– Excuse-moi, j'avais pas à dire ça.

– Vous êtes chez vous.

Marie apparut à ce moment-là. Les deux autres se turent aussitôt.

– C'est quoi, ces messes basses ? On dirait que vous conspirez dans mon dos.

– Tout juste, ma fille, on conspirait pour savoir qui de nous deux allait te réveiller.

– Et je suis censée te croire !

– Où irait le monde, si les filles cessaient de croire à ce que dit leur mère !

Anna jeta un coup d'œil complice à Clément. Elle avait le sentiment d'avoir mené à bien sa mission de mère, celle de femme serait à jamais amputée par le souvenir de celui qui avait manqué pour mener à l'autel sa fille chérie.

La Grande Dépression venue des États-Unis d'Amérique provoqua une grave crise, se répandant sur toute la planète. Les campagnes françaises furent moins touchées que les villes. Depuis des millénaires, aux Herbiers, ainsi que dans la plupart des villages, on avait trouvé toutes sortes de parades pour ne jamais être tout à fait démuni. On fabriquait et produisait ce qui faisait besoin, on mangeait à sa faim et on avait de quoi se vêtir. On se méfiait des messieurs qui s'endimanchaient les jours de semaine et s'employaient à embobiner le naïf. On n'avait pas confiance dans leur sourire et leur mine affable, pas plus dans les coffres des banques. On préférait les greniers, les caves, les granges et la terre pour veiller au sommeil du peu qu'on possédait.

Aux Vieilles Granges, l'onde de choc ne fut pas vraiment perceptible, sinon dans les colonnes du journal. On rentra les vaches à l'étable à la fin du mois d'octobre, profitant des derniers beaux jours. On avait mis le foin à l'abri, les pommes de terre, les betteraves et les topinambours. Les bêtes auraient de quoi se nourrir l'hiver.

Marie et Clément faisaient des projets. Dans un premier

temps, ils proposèrent d'acheter trois vaches supplémentaires. Clément envisagea de réaliser quelques aménagements ne nécessitant pas d'agrandir l'étable. Anna n'y vit aucun inconvénient. Mais elle émit quelques réticences envers des changements plus profonds dont elle ne saisissait pas l'utilité, impliquant la modernisation des équipements suggérés par Clément dans un futur proche, si les affaires marchaient bien.

Au fil du temps, elle en prit son parti. *Diable, vous ferez bien comme vous voudrez*, devint son expression favorite. Il n'y avait alors pas la moindre amertume dans sa voix. Elle signifiait par là qu'elle avait maintenu le navire à flot du mieux possible et qu'elle ne comprenait pas les nouvelles façons de naviguer. C'est vrai qu'il fallait désormais penser à l'avenir. Elle confiait la barre au jeune couple, maintenant qu'elle avait jaugé son gendre. Il n'y avait pas eu tromperie sur la marchandise. Il était doux, honnête, travailleur, intelligent, follement amoureux de Marie, et aussi attentionné envers sa belle-mère, n'hésitant pas à la décharger d'un fardeau, sans jamais la déposséder de sa dignité. *Il faut bien que je gagne ma croûte*, disait-il d'un air sérieux. Anna ne répondait rien. Aucun d'eux n'était dupe. Clément gagnait plus que sa croûte, et il avait acquis le respect de cette femme.

Des mois après son arrivée aux Vieilles Granges, alors qu'il soulageait Anna de deux grands seaux de blé, elle lui lança un *Merci, fils*, avec beaucoup de naturel. Clément en fut profondément touché. Elle avait prononcé le mot « fils » d'un air détaché, comme si elle n'avait même pas conscience de sa signification. Sur le moment, il pensa qu'elle n'avait pas réalisé ce qu'elle venait de dire. À sa manière, elle avait définitivement fait alliance avec cet homme qu'elle avait appris à connaître et à aimer, à qui elle ne dirait jamais autrement qu'elle l'aimait qu'en le traitant ainsi.

Parfois, depuis son lit, alors que le couple la croyait endormie, elle entendait les souffles s'accélérer à quelques mètres d'elle. Elle n'éprouvait pas de gêne à surprendre leurs ébats contenus. Elle ressentait une grande tristesse d'avoir oublié ce que le corps d'un homme pouvait offrir à une femme, d'avoir tout mis en œuvre pour l'oublier.

Jour après jour, Anna guettait les changements attestant que sa fille se préparait à devenir mère à son tour. Elle était pressée que le sang des Vialle coule dans de toutes petites veines.

Mlle Glassmann continuait ses visites à la ferme deux fois par mois, sa sacoche emplie de merveilles. Marie avait moins de temps pour lire, mais pas une seule journée ne se terminait sans qu'elle tournât quelques pages avant de s'endormir, même épuisée par le labeur. Elle se passionna pour les ouvrages parlant de la guerre de 14-18. Puisque personne n'avait voulu en témoigner directement, elle cherchait les réponses à ce que son père avait vécu au front. De nombreux livres avaient été écrits, des tragédies à l'image de ces hommes envoyés à la mort. L'un des auteurs qualifiait la guerre d'*abattoir international en folie*. À l'issue de ses lectures, Marie eut le sentiment qu'elle ne pouvait pas s'approcher plus près, non de la guerre, mais de la folie, de la mort, la mort brute, sans fioritures. Le sentiment que tout avait été dit, consommé, consumé, qu'il avait fallu entendre chacune de ces voix débarrassées de toute contingence morale pour qu'il en soit ainsi. Ce dont les soldats n'avaient pas été capables : dire l'entreprise globale qu'est la mort, ne pas s'en tenir à la guerre comme responsable, mais considérer l'homme comme coupable, comme seul coupable. Le sentiment que tous parlaient d'une bête avec laquelle ils avaient tenté en vain de parlementer, afin qu'elle les épargne. Ils avaient tous échoué, et tous le savaient.

Marie s'était ainsi glissée dans les silences de son père, pour comprendre ce qu'ils contenaient de si terrible. Désormais, elle avait conscience qu'il avait agi de la sorte non par véritable choix, mais contraint, dans l'intérêt de sa famille, lui qui n'avait pas eu la chance de revenir fou de la guerre.

Loin de trouver à redire, Clément était admiratif de la volonté de sa femme à toujours vouloir apprendre, se cultiver. Pendant qu'elle lisait, il calait sa tête contre son épaule et picorait le texte pour se rapprocher encore un peu plus d'elle. Il s'endormait immanquablement avant Marie, et juste avant d'éteindre la lumière, elle le regardait dormir en paix, cherchant à débusquer ses rêves.

Marie n'avait pas rencontré le Prince Charmant des contes de fées. Clément n'était pas taillé pour porter l'armure du chevalier, manier l'épée coiffé d'un heaume. Sa cotte était faite de mailles de flanelle, son arme était l'outil adapté à chacune des tâches, sa coiffe était de toile maculée de sueur. Doté d'un caractère optimiste et jovial, il travaillait très dur, ne se plaignait pas de son sort. Tout comme Marie, il était attentif à la beauté quand elle se présentait. Il avait la passion des oiseaux. Il disait qu'un seul sifflement du pouillot véloce au matin était capable de mettre le monde en mouvement.

À ses heures perdues, il fabriqua une cage grillagée et

l'installa dans la cour, sous la glycine, face au bassin où on lavait les noix et les topinambours. Il ramenait les oisillons tombés du nid, les adultes blessés, et les soignait, le temps qu'ils reprennent des forces. Il l'appelait la cage des miracles. Parfois, malgré toute son attention, le miracle n'allait guère au-delà de quelques heures de survie. Il relâchait ensuite les oiseaux rétablis. Aux estropiés, qui n'auraient pu subsister à l'état sauvage, Clément offrait un asile douillet jusqu'à la fin de leur vie. Quand il avait terminé son travail, il prenait le temps de s'occuper d'eux, les nourrissant de miettes de pain trempées dans du lait, d'insectes capturés piqués sur un cure-dents. Les plus autonomes se débrouillaient seuls avec les grains de blé dont regorgeait le couvercle d'une boîte de biscuits.

La cage serait plus tard maintes fois rénovée, et se tiendrait à la même place. Des oiseaux sautilleraient toujours de perchoir en perchoir.

Les geais étaient les oiseaux préférés de Clément. Leurs dons d'imitation le fascinaient. Il leur apprenait à parler, répétant les prénoms des membres de la famille dès qu'il passait devant la cage. Si bien qu'après avoir rendu la liberté aux oiseaux aptes à prendre leur envol, il n'était pas rare que l'on entende des « Anna », « Marie », « Clément », et même des « Bonjour » en provenance de la châtaigneraie.

Marie rejoignit Clément un soir qu'il s'occupait d'un merle blessé. L'oiseau s'était tant acharné à tenter de se libérer d'un collet que le filin lui avait sectionné des tendons. Incapable de se tenir sur ses pattes, il gisait au fond de la cage, ailes déployées, les yeux rivés sur les deux représentants de cette race qu'on lui avait appris à fuir. À la merci de celui qui voulait le sauver, qu'il ne pouvait considérer comme un sauveur, pas plus qu'il ne pouvait envisager sa propre mort. Les animaux vivent dans un temps unique qui les rend immortels. Ce merle ressentait simplement le danger d'être là, vulnérable, enfermé, quand quelques heures auparavant, il avait le ciel au bout des ailes.

– Tu l'as trouvé où, celui-là ?

– Dans la bordure des Condamines.

– Il a l'air mal en point.

– Je ne pense pas qu'il puisse remarcher. Ça fera un pensionnaire de plus.

Après avoir fait boire le merle, Clément se mit à le caresser afin qu'il s'habitue à son odeur. Marie fixait les doigts se promenant avec une grande douceur sur le plumage luisant de sébum.

– Tu es le meilleur homme que je connaisse.

– Tu dis ça parce que je sauve des oiseaux ?

– Pour ça aussi.

– Tu sais, je crois qu'à l'origine, on parlait tous la même langue, les animaux et les hommes, je veux dire, une langue sacrée qui s'est perdue. Je crois que c'est le chant d'un oiseau qui s'en rapproche le plus.

– Quand tu as chanté, pendant cette fameuse messe de minuit, eh bien, c'est pour moi ce qui se rapproche le plus de la langue dont tu parles.

Clément retira sa main et ferma le portillon de la cage. Il posa sa paume sur la joue de Marie.

– Moi, je t'avais remarquée bien avant. Je te regardais en douce, mais tu ne me voyais pas. Si je me suis mis à chanter, c'était pour que tu me regardes, au moins ça, après, je ne savais pas.

– Tu ne me l'as jamais dit.

– *De ce rocher immobile et sauvage, que ma prière s'élève jusqu'à toi.*

– Je ne savais pas que j'avais épousé un poète.

– Te moque pas, c'est les paroles de l'*Ave Maria.*

– Je ne me moque pas, au contraire. *Vous le savez, la prière où court un scarabée, Une humble goutte d'eau de fleur en fleur tombée, Un nuage, un oiseau, m'occupent tout un jour. La contemplation m'emplit le cœur d'amour...*

– C'est toi, le poète.

– Non, c'est Victor Hugo. Mlle Glassmann m'a prêté plusieurs de ses livres. Il y en avait un de poésies.

– Il ne pouvait pas rêver mieux que ta voix pour dire ses paroles, ton Victor Hugo.

– Clément !

– Quoi ?

– Tu promets de toujours chanter pour moi ?

– Je ne comptais pas m'arrêter.

Clément chantait souvent pendant qu'il travaillait. En plus de l'*Ave Maria*, il connaissait des cantiques. Sa voix avait le don d'apaiser les bêtes pendant la traite et la tétée. Ce qu'il ne savait pas, c'est que Marie montait parfois dans la barge, à son insu, pour l'écouter, revenir à l'émotion primale, qui avait décidé du cours de son existence. Les poutres, les chevrons et les liteaux de la charpente se transformaient alors en voûte romane. Les ombres invitaient les esprits à entrer dans la danse. Marie perfectionna son goût pour le sacré, allant bien au-delà de la croyance en un Dieu unique.

Elle écouta mieux, regarda mieux, pour mieux entendre et voir. Sans le savoir, Clément lui apprenait à déchiffrer le monde qui l'entourait, à faire du banal apparent le plus beau des enchantements. Cet homme était un arc-en-ciel révélant des trésors insoupçonnés en tout lieu, une étable, une forêt, une prairie. Sa présence auprès d'elle décomposait la lumière dans toutes les variantes du bonheur, lui faisant oublier la rude vie de paysanne.

Clément approcha ses lèvres de celles de Marie pour goûter à son souffle.

– Et si on rentrait un moment, ta mère est partie au cimetière.

Marie lui sourit.

– T'as dans l'idée de me chanter quelque chose ?

– Tu verras bien.

Le merle les regarda s'éloigner, et disparaître. Une petite chouette désailée s'approcha du grillage en dodelinant et se mit à hululer pour invoquer la nuit.

Anna tricotait une écharpe. Marie buvait une tisane, elle ne s'était pas sentie bien de toute la journée. Clément étudiait une carte dessinée par Louis bien avant la guerre. Elle avait été réalisée à l'échelle et répertoriait toutes les terres que possédait la ferme des Vieilles Granges. Neuf hectares en grande partie regroupés pour éviter les déplacements inutiles. Une seule parcelle était éloignée d'environ deux kilomètres. Clément demanda à Anna à quoi elle correspondait.

– C'est le grand-père de Louis qui a acheté ce taillis en prévision de faire du bois de chauffage. Ça fait longtemps que j'y suis pas allée. Il y avait de jeunes chênes et des châtaigniers. Ils doivent être grands maintenant.

– Quelle est la ferme la plus proche du taillis ?

– Celle des Donnedieu.

– D'accord, j'irai faire un tour là-bas.

– On dirait que tu as une idée en tête.

– On pourrait couper les plus gros arbres pour en tirer profit et échanger la parcelle contre une de celles des Donnedieu, plus près d'ici.

Anna partit d'un rire nerveux.
– Un échange avec les Donnedieu !
– Ce serait gagnant-gagnant.
– Avec eux, y a jamais qu'un seul gagnant. Les deux fils, je les connais pas bien, mais ils obéissent au doigt et à l'œil à leur père. Le Léonce, c'est une ordure qui vendrait père et mère pour de l'argent. D'ailleurs, il a peut-être fait affaire avec le diable, vu qu'ils sont plus de ce monde depuis longtemps. Il est venu me trouver il y a des années de ça pour me proposer de marier son aîné avec Marie, histoire de récupérer nos terres sans dépenser un sou.
– Tu m'en as jamais parlé, maman.
– T'avais que douze ans, ma fille… Tout ça pour dire que le Léonce, il nous a pas en odeur de sainteté.
Clément replia la carte.
– J'irai quand même jeter un coup d'œil demain matin, pour me rendre compte.
– Louis avait placé des bornes aux quatre coins, tu devrais les retrouver sans problème.

Le lendemain, une fois les vaches nourries, le fumier tiré et la litière renouvelée, Clément se mit en route. Il faisait encore frais quand il descendit jusqu'à la rivière par un chemin encaissé bordé d'épaisses broussailles. Il traversa un pont de pierres et remonta jusqu'à un replat. Il sortit la carte, se repéra, puis prit sur la gauche en direction de la parcelle. Il découvrit une zone récemment déboisée qui semblait correspondre à l'emplacement. Il compta une centaine de souches coupées au ras du sol. Il chercha les bornes, mais n'en trouva aucune trace. Les douze coups de midi tintèrent au loin. Clément décida de demander des explications aux Donnedieu.

Une allée empierrée menait à la ferme. Des yuccas aux feuilles effilées et pointues comme des dagues montaient la garde contre deux hautes piles maçonnées disposées de part et d'autre de l'entrée. À main gauche, la maison d'habitation s'élevait sur deux étages, puis se prolongeait par une étable et une porcherie. En face se dressaient une grange monumentale et une petite maison où on logeait les domestiques. Le corps de ferme se terminait par un atelier et un grand appentis qui abritait un tracteur et du matériel flambant neuf. Clément pénétra dans la cour. Son cœur fit un bond quand un chien de berger surgit d'une niche en aboyant. L'animal pirouetta, stoppé net par sa chaîne, comme s'il venait de recevoir une décharge de plombs. Clément laissa retomber sa frayeur et s'en alla frapper à la porte. Une femme ouvrit. Il n'aurait su lui donner d'âge, tant le travail semblait l'avoir modelée à sa convenance. La famille Donnedieu était attablée, Léonce en bout de table, un fils de chaque côté, et une petite vieille tremblotante, que l'intrus semblait indifférer. Léonce leva les yeux sur Clément, coupa une bouchée de pain, racla un morceau de lard, badigeonna la croûte et enfourna le tout dans sa bouche. Tout en mâchant, il demanda :

– Qu'est-ce que tu veux ?

– Je suis Clément Chénier, j'habite aux Vieilles Granges.

– Je sais qui tu es.

– On possède une parcelle qui vient d'être déboisée, pas loin de chez vous.

Donnedieu interpella ses fils :

– Vous avez entendu dire qu'on aurait coupé des arbres, vous autres ?

Ils nièrent en hochant la tête de concert, un petit sourire aux lèvres.

– De toute façon, y a rien qui est pas à nous dans le coin.

Clément attrapa la carte dans sa poche.

– J'ai ce document…

– J'en ai rien à faire de ton document. N'importe qui peut dessiner une carte et s'approprier ce qui est pas à lui.

– Je crois plutôt que c'est vous qui vous êtes approprié ce qui n'est pas à vous.

– T'es en train de me traiter de voleur ! Et d'abord, tu as des preuves de ce que tu avances ?

– Quelqu'un a retiré les bornes.

– Peut-être bien qu'y en a jamais eu, des bornes, et qu'elle vous appartient pas, cette parcelle.

– Ma belle-mère m'assure que si.

Donnedieu s'esclaffa :

– Si tu commences à faire confiance aux femmes, t'es mal parti dans la vie, pas vrai vous autres ?

Les fils se mirent à rire comme des demeurés.

– Ce que je crois, c'est que vous avez profité qu'elle avait perdu son mari pour la spolier.

– T'es dans le coin depuis même pas un an et tu viens me trouver la bouche en cœur pour m'accuser. Mais pour qui tu te prends ?

– Je connais mes droits.

– Tes droits, ils s'arrêtent là où je dis, et je dis que le terrain dont tu parles est à moi.

– Il y a des lois. J'irai à la mairie consulter le plan cadastral et vous devrez bien vous y plier.

Léonce frappa la table du manche de son couteau.

– La loi ici, c'est moi qui la fais, et c'est pas un blanc-bec dans ton genre qui la remettra en question.

– C'est ce qu'on verra.

– C'est ça, on verra... et maintenant, fous le camp de chez moi !

La petite vieille se mit à glousser. Donnedieu lui ordonna de se taire, mais elle gloussa de plus belle.

– Je n'ai pas terminé. Une fois que j'aurai eu gain de cause, les arbres que vous avez coupés, il faudra les payer.

– Personne me menace. C'est la dernière fois que tu me traites de voleur. Sors de ma maison, avant que je perde patience !

– Je m'en vais, mais je n'en resterai pas là, vous pouvez en être sûr.

À son retour aux Vieilles Granges, Clément fit un compte rendu de son entrevue houleuse avec Donnedieu. Anna dit de ne pas prendre de risques inutiles avec ce type réputé dangereux, sans foi ni loi.

Malgré les mises en garde, Clément n'était pas décidé à se laisser dépouiller. L'après-midi même, il se rendit à la mairie des Herbiers consulter le plan cadastral. La parcelle appartenait bien à la famille Vialle.

La semaine qui suivit, ses frères l'aidèrent à clôturer la friche et à remettre les bornes en place. Les Donnedieu vinrent rôder à plusieurs reprises autour du chantier, demeurant toujours à distance.

Clément ne put jamais prouver qu'ils avaient abattu les chênes. Lorsqu'il croisait parfois le père et ses fils au village, il lisait la haine et le mépris dans leurs yeux. Il ne baissait jamais les siens. Il pensait l'affaire réglée.

Un matin de novembre, Marie dit qu'elle devait se rendre en ville, sans révéler le motif de son déplacement. Elle avait l'air préoccupée. Au moment de son départ, Clément insista pour en apprendre davantage. Il ne fallait pas qu'il s'inquiète. Elle devait se dépêcher si elle ne voulait pas manquer le car sur la place. Elle reviendrait par celui de seize heures, et elle dirait tout.

Clément ne quitta pas la ferme jusqu'au retour de Marie, à l'heure prévue. Il fendait des bûches dans la remise à bois. Il planta la hache dans le billot et la regarda approcher. Il ne lui laissa même pas le temps de parler.

– On a fait un petit ?

Marie tira le tissu de sa robe vers le bas.

– Alors, tu t'en doutais ! Pourtant, ça ne se voit même pas encore.

– J'ai pas besoin que ça se voie. Je te connais par cœur. Il y avait des petits signes, et puis, ton rendez-vous en ville a fini de me convaincre.

– On peut rien te cacher.

– Tu peux rien me cacher.

– Je voulais faire des examens, avant de t'en parler, pour être sûre que tout va bien.

– Alors, tout va bien !

– Très bien.

Clément prit Marie dans ses bras, puis recula d'un pas. Il posa une main sur son ventre avec beaucoup de précautions.

– Tu te rends compte qu'on va devenir parents !

– On a encore six mois pour s'y préparer.

– Ce sera le plus beau des bébés.

– Évidemment.

Ils annoncèrent la grande nouvelle à Anna, qui ne put retenir des larmes d'émotion. Elle aussi avait deviné. Marie n'était pas dans son assiette quand elle se levait. Elle disait qu'elle était barbouillée. On ne la fait pas à une mère. Anna pensa à Louis, qui ne verrait pas naître le bébé. Il y aurait un peu de lui dans les veines de l'enfant. Et puis, si c'était un fils, l'avenir des Vieilles Granges serait assuré.

Le ventre de Marie commença de s'arrondir dans le courant de l'hiver, au grand soulagement de Clément. Il s'émerveillait de contempler la charpente soyeuse abritant le fœtus, la caressant en même temps. Ce qui se jouait dans le corps de sa femme devenait enfin tangible, palpable, réel. Il se montra encore plus attentionné. Marie le grondait gentiment. Elle ne voulait en aucun cas être considérée comme une petite chose fragile. Elle se sentait suffisamment en forme pour travailler. La veille de l'accouchement, elle écorchait des lapins avec sa mère.

L'angoisse de Clément n'avait cessé de grandir à l'approche de la délivrance. Le 2 mai 1932, quand survinrent les premières douleurs, il courut chercher le docteur. Marie perdait les eaux lorsque les deux hommes arrivèrent. Anna congédia son gendre en lui claquant la porte au nez. Ce n'était pas sa place.

Clément se mit à faire les cent pas en se rongeant les sangs sous le regard incrédule du chien. Il marchait tout près de la porte, épiant les bruits venant de l'intérieur. Il entendait le médecin ordonner à Marie de pousser, les encouragements d'Anna, les râles de Marie. Il aurait tout donné pour partager la souffrance de sa femme.

Au bout d'une heure environ, Marie poussa un long cri. Clément cessa de respirer. Après une poignée de secondes, il y eut un braillement. Clément se précipita dans la maison. Tout s'était déroulé sans encombre. C'était un garçon. Anna lui montra comment prendre le nouveau-né, et il l'accueillit dans ses bras sans se faire prier. L'air emprunté, il n'osait bouger, pleurant de bonheur, parce qu'il n'y avait rien de plus précieux que ce petit bout d'homme fabriqué avec la femme qu'il aimait.

Le docteur conseilla du repos à la jeune maman, puis il se lava les mains et referma sa mallette. Anna le raccompagna dehors. Clément n'entendit même pas les félicitations d'usage. Il riait et les larmes coulaient en même temps, remerciant le ciel, la terre, la Vierge Marie, Jésus et tous les saints, pour ce cadeau. Il entonna *Le Divin Enfant* en berçant le bébé. Marie les observait, le visage ruisselant de sueur, encore marquée par la douleur que voilait peu à peu son bonheur. Elle demanda à Clément d'approcher pour lui donner l'enfant. Il le déposa délicatement entre les seins gonflés. Il dit que c'était le plus beau jour de sa vie, embrassa Marie sur le front, la remercia cent fois, mille fois, et déjà, le petit être aspirait goulûment le lait maternel.

Le jour même de la naissance, ils annoncèrent ensemble à Anna qu'ils avaient décidé d'appeler leur fils Louis.

Marie et Clément avaient conscience de n'être pas bien riches d'argent, mais de choses autrement précieuses, les liens qui passent par le cœur. Leur rêve de fonder une famille s'était réalisé. Trois générations vivaient désormais dans la petite maison que les jeunes parents avaient déjà le projet d'agrandir. Anna trouva bien légitime de souhaiter plus d'espace et plus d'intimité.

Marie allaita l'enfant trois semaines, puis son lait se tarit. Les premiers temps furent difficiles. Louis était très agité, il dormait peu la nuit, il avait toujours faim. On se relayait pour lui donner le biberon, afin de permettre à chacun de se reposer un peu. Anna prenait aussi son quart, comme les autres. Louis fit enfin ses nuits à huit mois, au grand soulagement de tous.

Clément jouait avec son fils dès que le travail le permettait. Il aimait l'emmener avec lui dans l'étable pendant qu'il nourrissait les bêtes. Il l'asseyait alors sur un lit de foin. Attiré par les vaches, l'enfant ne tenait guère en place. Il rampait vers les cornadis, attiré par les têtes des vaches émergeant comme de gros jouets articulés. Son père, vigilant, l'en éloignait aussitôt, lui demandant de ne pas recommencer. Il recommençait toujours. Pour ne pas avoir à le surveiller en permanence, Clément fabriqua un petit parc en bois facilement transportable. Le gamin prit l'habitude de se dresser contre les barreaux à la force des bras. Il ne voulait rien manquer du spectacle. Le chien, fidèle gardien, veillait aussi le petit être fantasque, qui lui arrachait une touffe de poils en riant lorsqu'il passait à sa portée. Ce ne serait pas une odeur de paille qui incarnerait l'enfance de Louis, mais celle de l'herbe brûlée par le soleil.

Le plus souvent, dans la journée, Anna s'occupait du petit Louis, pendant que *les jeunes* s'affairaient aux travaux des champs. L'enfant était plein de vie, débordant d'énergie. Contrairement à sa mère, il marcha très tôt, à dix mois. Il faisait déjà tourner sa grand-mère en bourrique. Elle n'était pas du tout sévère avec lui, ce n'était pas son rôle. En grandissant, il prit un malin plaisir à échapper à sa vigilance. Elle l'appelait alors en panique. Il ne répondait jamais sur le moment. L'inquiétude dont il se délectait le plaçait au rang de petit roi. Quand il daignait enfin se montrer, faussement penaud d'avoir causé tant de tracas, il se jetait dans les bras d'Anna pour l'attendrir, retourner la colère engendrée par la peur. Il jouait la comédie à merveille. Ça marchait à tous les coups. *Tu es un vrai petit diable, je me suis fait un sang d'encre… Tu me promets de plus recommencer ? Si tu me refais un coup pareil, je serai obligée de le dire à tes parents.* Il promettait. La promesse tenait un jour ou deux.

Le soir venu, les jeunes parents endormaient l'enfant entre eux, sur cette couche où il avait été conçu, où il avait vu le jour. Ils attendaient qu'il s'endorme, puis Clément le transportait dans son lit.

Marie perdit le goût de lire, l'esprit trop accaparé par ses responsabilités de mère. Elle était de loin la plus autoritaire. Elle grondait l'enfant et aussi son mari pour son indulgence envers son fils, toujours tendrement. Elle avait senti l'urgence de ne pas soumettre la famille aux caprices du gamin pour, justement, ne pas en faire un *enfant roi*, selon son expression.

Une nuit, Clément chuchota à Marie que la meilleure manière de partager leur royaume serait de faire une petite princesse. Ils avaient toujours envisagé d'avoir d'autres enfants. Ils s'employèrent alors à rendre cela possible.

Le projet de construire une autre maison accolée à la première prit corps à cette époque. Clément réalisa lui-même les plans. L'habitation serait constituée d'une grande cuisine et de trois petites pièces attenantes surmontées d'un grenier. Nul besoin de creuser une cave supplémentaire, l'existante suffisait amplement.

Durant des semaines, en plus de son travail, Clément collecta les pierres mises au jour par les labours et que l'on entassait en bordure des champs. Ses frères l'aidaient dès qu'ils le pouvaient. La charrette tirée par les chevaux de trait ou les bœufs convoyait les chargements que l'on déversait à proximité du futur chantier. On abattit des arbres pour le bois de charpente, des châtaigniers, à cause des tanins qui éloignent les insectes.

Les enfants d'Émile avaient grandi, il avait de nouveau le temps d'apporter sa pierre à l'édifice. Grâce à ses talents de menuisier, il débita le bois nécessaire et le mit à sécher. Plus tard, il fabriqua les éléments de la charpente. Il les ajusta aux Vieilles Granges, pendant que les murs montaient. Clément s'en alla ensuite acheter des ardoises dans une carrière des environs. Ils furent nombreux pour installer la charpente. On cloua ensuite les liteaux destinés à recevoir les ardoises. La bâtisse fut hors d'eau avant l'hiver.

Les Chénier s'installèrent dans leur maison deux ans et demi après le début des travaux. On pendit la crémaillère. Ceux qui avaient contribué de près ou de loin à l'édification furent conviés à la fête. Marie était de nouveau enceinte.

Dès le début de la grossesse, le bébé se mit à faire des violences à Marie. Lorsque ça la prenait, elle se tordait de douleur, contrainte de s'allonger. Clément mettait les bouchées doubles pour assurer le travail de la ferme. Anna reprit du service quand Louis intégra l'école du village. L'état de Marie les inquiétait. En plus de souffrir, elle culpabilisait de ne pouvoir les aider davantage.

Au troisième mois, le docteur Maury déclara que la future maman devait rester le plus possible alitée pour préserver ses chances de mettre l'enfant au monde. Les précautions ne suffirent pas. Deux semaines plus tard, Marie se mit à perdre du sang. Lorsque le médecin arriva, il constata, impuissant, qu'elle était en train de faire une fausse couche. Il sauva la mère de justesse. Marie avait perdu beaucoup de sang. Elle fut transférée d'urgence à l'hôpital pour être transfusée. Sans cela, elle n'aurait probablement pas survécu longtemps à l'anémie.

Marie et Clément n'avaient pas encore choisi de prénom s'il s'était agi d'un garçon. La petite fille aurait été prénommée Juliette. Clément fabriqua de ses mains un cercueil en bois de chêne, pas plus grand qu'une boîte à chaussures. On enterra un bourgeon mâle en plein hiver, à la tombée de la nuit, sans autres témoins que ses parents et sa grand-mère. Clément déplaça la dalle avec une barre à mine. Il glissa le cercueil dans l'ouverture et le déposa sur celui de son grand-père. Telle la tombe d'un moine chartreux, on ne grava rien sur la croix, si bien que nul ne peut savoir qu'un minuscule squelette gît dans le caveau familial. On considérait que tant que les poumons de l'enfant ne s'étaient pas remplis de l'air du dehors, il n'avait pas eu d'existence réelle. On pensait que cela permettrait d'accepter un peu plus facilement ce terrible coup du sort.

Par la suite, on ne parla jamais du petit fantôme. On y pensait, Marie plus que tout autre. Elle ne portait pas le deuil, mais s'en voulait de n'avoir pu mettre au monde ce bébé. Sa chair mortifiée en garderait une cicatrice aussi profonde qu'invisible. Elle qui avait toujours eu foi en l'avenir, trouvé des raisons d'espérer dans les pires moments de sa vie, se sentit longtemps démunie, le temps que la douleur s'atténue.

Marie retrouva peu à peu des forces. Le médecin attendit ce moment pour lui annoncer que son utérus avait été endommagé pendant la fausse couche et qu'elle ne pourrait plus donner la vie. Le choc fut terrible. Pendant des mois, elle perdit toute joie de vivre. On ne la voyait pourtant jamais pleurer, ni même baisser les bras. Le jour, le travail était sa planche de salut. Elle abandonnait souvent Louis aux soins de sa mère. Durant ses interminables nuits, s'invitait invariablement l'image crucifiée du nourrisson.

Elle tint bon, remonta lentement la pente. Si elle s'était effondrée, le reste de la famille se serait aussi effondré. Elle le savait. Clément l'aida au mieux à surmonter le drame. Au fil du temps, au lieu d'affaiblir leur amour, cette épreuve le renforça. Ils pensaient avoir mangé leur plus mauvais pain noir et ne pas vivre plus grande tragédie. Les lèvres de Marie retrouvèrent le chemin du sourire, et aussi des baisers. Elle n'acceptait toujours pas la tournure du destin, mais la vie autour d'elle l'incitait à se laisser dériver dans ses filets.

Et puis, il y avait Louis, toujours aussi vif et intrépide. Il fallait bien qu'il se fasse remarquer. Il réclamait l'attention de sa mère. Elle l'avait trop longtemps délaissé. Il était temps de se ressaisir. Cela ne se ferait pas sans mal. L'enfant avait eu le temps de perfectionner les expressions de sa malice, se traduisant par des nouvelles bêtises. Il faut avouer qu'il était très inventif dans ce domaine.

À l'école communale, il eut l'occasion d'étendre son terrain de jeux avec un tout nouveau public, comme la fois où il chipa une boîte métallique dans le bahut de la cuisine et la remplit de crottes de lapin bien régulières, celles de la nuit qui ont cette couleur noire caractéristique, après une seconde digestion. Le lendemain, il les présenta à ses camarades d'école, disant qu'il s'agissait de pastilles à la réglisse. Le premier qui goûta en fut pour ses frais. Il cracha aussitôt et s'empressa de se plaindre à la maîtresse en chouinant. Le soir même, Mlle Glassmann raccompagna

Louis en personne aux Vieilles Granges et déballa toute l'affaire. Anna s'éclipsa car le fou rire lui venait.

En de telles circonstances, nombre de pères auraient donné une correction mémorable à leur fils, à coups de branche de noisetier. Ce genre de châtiments corporels avaient cours dans beaucoup de familles à cette époque, mais pas dans celle des Chénier. En guise de punition, l'enfant dut effectuer toutes sortes de corvées. Loin de le dissuader de faire des bêtises, il prit à l'avenir plus de précautions, ménageant ses arrières avec des faire-valoir bien moins malins que lui.

Les affaires allaient plutôt bien aux Vieilles Granges. La ferme prospérait, à sa mesure. Clément loua trois hectares supplémentaires et en acheta deux. Le troupeau s'agrandit de huit vaches. Une nouvelle étable fut construite, avec un fenil au-dessus. Les veaux de lait de Chénier étaient réputés dans toute la région. Clément allait les vendre dans les foires environnantes. Des maquignons en blouse noire se déplaçaient même en personne pour en avoir la primeur, venant parfois de loin. De longues et âpres discussions s'engageaient pour en fixer le prix. On frappait du poing sur la table, bousculant le verre de vin, de cidre ou de café, selon l'heure de la négociation. Il y avait ensuite de longs silences durant lesquels les interlocuteurs faisaient semblant de réfléchir, comme si les conditions de la transaction étaient inacceptables pour l'un et l'autre, comme si on se saignait à blanc pour parvenir à un accord qui ne satisfaisait personne. En vérité, le premier à rompre le silence venait déjà d'abdiquer. On continuait malgré tout à discuter pour la forme. Puis on scellait le marché d'une poignée de main, chacun feignant d'avoir fait une fleur à l'autre. Nul besoin d'apposer sa signature au bas d'un papier officiel. On n'avait qu'une parole.

Les Chénier ne se posaient pas la question du bonheur, ils le vivaient dans une forme singulière qui comblait entièrement leurs attentes.

Hitler envahit la Pologne le 1er septembre 1939. Deux jours plus tard, la France et l'Angleterre déclaraient la guerre à l'Allemagne. La première pensée d'Anna fut qu'au moins, son mari n'avait pas assisté à cela. Vingt ans après avoir quitté l'enfer des tranchées, voilà que l'on recommençait à s'entretuer avec des armes nouvelles, de nouvelles stratégies, de nouvelles méthodes, plus perfectionnées, plus efficaces, encore plus meurtrières que les anciennes. Désormais, de grands oiseaux d'acier sillonnaient le ciel, portant la mort sous leurs ailes où bon leur semblait. Après la Grande Guerre, ce fut la drôle de guerre, comme s'il pouvait en exister de drôles. La France plia vite le genou, puis se retrouva à terre. Neuf mois plus tard, les Allemands entraient dans Paris. Clément n'avait pas été mobilisé. Il avait été déclaré chargé de famille, étant donné qu'il n'y avait pas d'autre homme aux Vieilles Granges pour remplir ce rôle.

La commune des Herbiers était située en zone libre, sous l'autorité du gouvernement de Vichy dirigé par le maréchal Pétain. Depuis Londres, le général de Gaulle invitait les Français à ne pas déposer les armes. Une résistance s'organisait.

Aux Vieilles Granges, la vie ne changeait guère. On continuait de travailler, ainsi qu'on l'avait toujours fait. La terre se moquait de la folie destructrice des hommes. Elle donnait, et parfois elle prenait, ainsi qu'elle l'avait toujours fait. Elle témoignait du passage de la charrue, pour mieux en effacer la trace quand le blé, l'orge ou la luzerne recouvraient les champs. Ainsi qu'elle l'avait toujours fait.

Un miracle se produisit au début de l'été 1941. Alors que Marie avait fait le deuil de la maternité, un nouveau bourgeon s'accrocha dans son ventre. Elle ne voulut d'abord pas y croire, n'en parla à personne. Clément et Anna ne soupçonnèrent rien. Le médecin avait été formel. Il fallait croire que la force de vie habitant la jeune femme donnait tort à la science. Un bébé avait bel et bien trouvé refuge en elle, en ces temps difficiles.

Sachant qu'elle ne parviendrait plus à garder le secret bien longtemps, Marie révéla la grande nouvelle. Clément en fut bien sûr heureux. Il pensa au début que Marie s'inventait une grossesse, mais dut bien vite se rendre à l'évidence. Il masquait au mieux son inquiétude, ravalait ses angoisses. Il n'avait pas oublié qu'elle avait failli mourir lors de sa fausse couche. Il aurait voulu que le temps s'accélère, que le bébé jaillisse du ventre, pour que cette fois-ci les deux côtés de la balance soient parfaitement équilibrés. Une vie dans chaque fléau. Marie, quant à elle, taisait son désir de garder cette chair nouvelle clouée sur la sienne, de continuer à la façonner, la perfectionner à outrance, par égoïsme et peur de ne pas arriver au terme. Elle pensait aussi que, lorsqu'une femme donne la vie, quelque chose meurt en elle, que les affres de l'accouchement sont le prix de cet égoïsme.

Les mois passèrent. Le docteur Maury faisait de fréquentes visites aux Vieilles Granges, inquiet lui aussi. Il ne demandait jamais à se faire payer la visite. Tout se déroulait normalement. S'appuyant sur de vieilles croyances, Anna affirma que la forme pointue du ventre de Marie révélait qu'une petite fille en sortirait, à sa grande joie.

Malgré le calme apparent, on n'oubliait pas la guerre. La radio et les journaux se chargeaient d'en rappeler l'horreur. À la fin de l'année 1941, on apprit que les Japonais, alliés des Allemands, avaient bombardé Pearl Harbor, provoquant l'entrée en guerre des États-Unis d'Amérique. On se disait qu'attaquer une telle puissance, c'était comme réveiller un ours affamé. On se souvenait que les Américains étaient venus prêter main-forte aux Français en 14-18, mais ce n'était pas la même guerre. La leur se jouait maintenant dans le Pacifique. On ne doutait pas qu'ils en sortiraient vainqueurs, puis qu'ils viendraient soutenir leurs alliés européens. Du moins, on l'espérait.

Le 4 mars 1942, aux alentours de neuf heures du matin, quatre hommes en uniforme appartenant à la police de Vichy se présentèrent à l'école de filles des Herbiers. Sarah Glassmann avait toujours refusé de porter l'étoile jaune. Quelqu'un avait fini par la dénoncer. Les policiers lui demandèrent de les suivre sans délai, devant la classe médusée. Sarah ajusta son chapeau sur sa tête, attrapa sa sacoche et dit à ses élèves de poursuivre le travail en cours, qu'elle allait revenir au plus vite. Raymonde Michelet voulut savoir pourquoi elle emportait son sac, si elle prévoyait de revenir bientôt. Sarah répondit en souriant que si on la faisait attendre quelque part, elle corrigerait la dictée. Avant de sortir, elle embrassa du regard la salle de classe et passa une main devant son visage, comme on chasse une mouche, ou une idée qui tarde à s'évanouir. En vérité, par ce geste machinal, elle tentait de retenir une image imprégnée d'odeurs d'encre, de bois et de cire, tout ce qui avait constitué sa vie en ce lieu jusque-là préservé des pires abominations. Elle savait, au fond d'elle, qu'elle ne reviendrait pas.

Joseph Pradel, le maire du village, que l'on avait prévenu aussitôt, accourut pour plaider la cause de son institutrice. Les ordres étaient les ordres.

Les jours qui suivirent, on se mobilisa au village. On se demandait qui était le délateur. On soupçonnait son voisin. Pradel se renseigna à la préfecture. Il apprit que Sarah Glassmann avait été interrogée par la Gestapo, puis qu'elle avait été transférée à Drancy. La suite du trajet ne fait aujourd'hui aucun doute. Le voyage de la malheureuse prit fin à Birkenau. On ne sut jamais qui l'avait dénoncée.

Marie était en train de plumer des poulets avec Anna dans le jardin lorsque la nouvelle de l'arrestation de l'institutrice lui parvint. Elle se précipita dans le bourg pour en apprendre davantage. Elle fut la plus ardente à prêcher la cause de Sarah Glassmann aux côtés de Pradel. Constatant que tous leurs efforts ne menaient à rien, le chagrin la submergea. Certes, elle perdait sa pourvoyeuse de livres, mais surtout une amie.

Quelques jours après l'annonce de la tragique nouvelle, Marie fut prise de douleurs au ventre. L'enfant réclamait la lumière au moment même où l'on en privait Sarah Glassmann. Le médecin n'arriva pas à temps pour mettre au monde la petite Juliette. L'accouchement se déroula sans encombre. Anna avait paré à tout, avec sang-froid.

Clément fut bouleversé de prendre sa fille dans ses bras, peut-être plus encore qu'il ne l'avait été pour son fils. C'était un cadeau inespéré, inestimable. Il avait le sentiment de faire partie d'une équation divine. Il avait bâti les murs de la maison abritant sa famille et les pensait suffisamment solides pour préserver leur bonheur. Malgré la guerre.

Après sa fausse couche, Marie avait pris ses distances avec Dieu. À l'avenir, elle fut plus attentive à ses humeurs. Elle ravala les *Nom de Dieu* pour cracher d'autres jurons où se promenait le diable. Et le diable rôdait, en effet.

La ligne de démarcation vola en éclats à cette époque, déversant des hordes de barbares arborant deux éclairs au col de leur veste. La guerre prit ses quartiers dans la région, plus insidieusement que les affrontements en règle de soldats. Les résistants s'étaient réfugiés dans le maquis, fomentant des sabotages, des escarmouches, auxquels les Allemands répondaient par des exécutions ou des déportations de prisonniers. Le bien et le mal semblaient être dans deux camps bien distincts. Des événements futurs allaient prouver que les choses n'étaient pas aussi simples.

Des Allemands, on en croisait rarement aux Herbiers et dans les environs. Ils s'étaient massivement installés dans les villes alentour. À la campagne, leur présence n'avait rien changé au rythme des saisons, au moment des semis, des plantations et des récoltes. Tout se compliqua le jour où on eut vent de réquisitions de bêtes et de toutes sortes de denrées alimentaires destinées à nourrir les troupes conquérantes. En réponse, les maquisards mirent en œuvre la politique de la terre brûlée, préférant détruire des récoltes entières plutôt qu'elles ne tombent entre des mains ennemies. La peur de manquer s'installa dans les campagnes.

Pour ne pas être victimes des saisies, des paysans entreposèrent le fruit de leur travail dans des caches. Beaucoup de fermes possédaient des souterrains, dont l'origine s'était perdue. Anna révéla l'existence de l'un d'eux, dont Louis avait muré l'ouverture dans la cave. Clément n'eut aucune difficulté à la dégager. Il étaya la voûte qui risquait de s'ébouler par endroits. On mit ensuite à l'abri la récolte de blé et ce qu'on possédait de plus précieux. Si les Allemands découvraient l'existence du souterrain, les représailles seraient certainement terribles, mais on pensait avant tout à subvenir aux besoins de la famille. On préférait vivre dans la peur et manger à sa faim.

Une nuit de juin, un bruit sourd et lointain réveilla les Vieilles Granges. Clément se leva et sortit voir ce qui se passait. Louis sur ses talons. Le chien s'était planqué sous la table. Une pâle lueur émanait de chez Anna. Plusieurs avions approchaient à basse altitude. Au vrombissement des moteurs, il ne s'agissait pas de chasseurs mais d'appareils de transport, ou bien de bombardiers. Le premier rasa la cime des châtaigniers et survola la cour, tous feux éteints. Louis fit un geste machinal du bras, comme pour se protéger. Quatre autres avions suivirent, volant tous à la même altitude, impossibles à identifier. Ils reprirent de la hauteur au-dessus des Condamines et disparurent dans la nuit claire. Le silence revenu, Clément et Louis rentrèrent. La maison d'Anna était maintenant plongée dans l'obscurité. Marie rendormait Juliette dans ses bras. Clément dit que les avions transportaient probablement des troupes allemandes, que ça n'augurait rien de bon.

Moins d'un quart d'heure plus tard, on frappa à la porte. Cette fois le chien se mit à grogner. Clément se leva. Louis était déjà debout. Son père lui ordonna de se recoucher puis s'en alla ouvrir, sur ses gardes. C'était Paul Rochette, accompagné de son fils de vingt ans, les plus proches voisins de la ferme. Lorsque Clément était arrivé aux Vieilles Granges, Anna lui avait expliqué que les Vialle et les Rochette ne s'appréciaient guère, à cause d'une vieille histoire datant de l'époque du grand-père de

Louis. Elle ne savait même pas de quoi il s'agissait, mais les deux familles s'étaient depuis tenues à distance l'une de l'autre. Il était d'autant plus surprenant de voir rappliquer le père et le fils en pleine nuit, visiblement agités.

– Qu'est-ce que vous faites ici à cette heure ?

– Les avions, tu les as entendus, je suppose ?

– Je les ai même vus passer.

– C'étaient des Anglais.

– Ah bon ! J'ai cru qu'ils étaient allemands.

Rochette jeta un coup d'œil à l'intérieur. Il demanda à Clément de refermer la porte, afin de discuter de choses sérieuses. Clément fit ce que son voisin demandait et rejoignit le duo dans la cour. Le fils l'observait d'un air farouche. Le père expliqua qu'un parachutage de caisses venait d'avoir lieu, qu'elles avaient atterri dans sa vigne et dans la prairie des Condamines appartenant aux Chénier. Certaines contenaient sans doute des armes, d'autres de l'argent pour financer la Résistance, c'était même sûr et certain. Il devait y avoir eu une erreur de coordonnées. Il fallait faire vite pour s'en emparer avant que les maquisards ne rappliquent. Rochette avait réfléchi à tout. Ils étaient les seuls témoins. La Résistance ne retrouverait pas trace des caisses et penserait qu'elles étaient tombées dans un endroit inaccessible. Les gorges de la Vézère étaient toutes proches. Clément demeura mutique.

– Allez, y a plus de temps à perdre. Habille-toi et suis-nous pour récupérer les caisses ! On fera le partage après.

– Non, je viens pas.

– Qu'est-ce qui te prend ?

– Je mange pas de ce pain-là, c'est tout.

– De l'argent qui tombe du ciel, c'est justement du pain bénit.

– Il est pour la Résistance, cet argent, tu l'as dit toi-même.

– Personne n'en saura rien, si c'est ce qui t'inquiète.

– Moi, je saurai.

– T'as peur que ta conscience te travaille, c'est ça ? Réfléchis bien ! La conscience ne pèse pas bien lourd quand on a une famille à nourrir.

– J'ai pas besoin de ça pour nourrir la mienne, et puis, je pourrais pas la regarder en face si j'en arrivais là. Alors, tu vois, c'est tout réfléchi.

– T'es bien sûr de toi ?

– Certain, et maintenant, foutez le camp de chez moi !

– Fichue tête de mule, tu le regretteras.

Rochette hésita un instant.

– Tu diras rien, au moins ?

– Je ferai comme si vous n'étiez jamais venus.

Le fils s'adressa à son père :

– Qu'est-ce qui nous prouve qu'il dira rien ?

– C'est pas dans son intérêt. S'il parlait, ça ferait de lui un complice. Pas vrai, Chénier !

– J'ai qu'une parole.

Le jeune homme leva le poing en direction de Clément.

– Il vaudrait mieux.

Clément les regarda traverser la cour dans la lumière spectrale, ils chuchotaient en marchant. Quand ils eurent disparu, il entendit le hennissement d'un cheval et une charrette se mettre en branle dans un chaos de roues cerclées de fer. Il retourna à l'intérieur. Juliette dormait du sommeil du juste. Louis avait regagné sa chambre.

Lorsque Clément eut raconté la visite des Rochette à Marie, elle s'emporta :

– Quels salopards ! Voler la Résistance !

– Ils ne l'emporteront pas au paradis.

– Tu comptes les dénoncer ?

– J'ai promis de me taire. Et puis, je ne voudrais pas que ça nous retombe dessus. On ne sait jamais comment ça pourrait tourner.

Marie hocha la tête.

– Le plus important, c'est que nos enfants n'aient jamais à rougir de nos actes.

– Essayons de dormir un peu, maintenant. J'ai dit à mes frères que j'irais leur donner un coup de main pour faucher demain.

Par son refus de succomber à la manne céleste, Clément pensait tenir la guerre à distance. Dans le futur, jamais un Rochette ne remit les pieds aux Vieilles Granges. Le père et son fils faisaient comme si de rien n'était en public. Lorsqu'un acte de résistance parvenait aux Herbiers, ils étaient les premiers à applaudir, allant même jusqu'à payer une tournée générale au bistrot, en bons patriotes.

Clément partit dès l'aube. Il portait sa faux sur une épaule et une corne évidée contenant sa pierre à aiguiser accrochée à la taille par une cordelette, semblable à une poudrière de trappeur. Il avait dit à Marie de ne pas l'attendre pour souper, qu'il rentrerait tard le soir, qu'il profiterait des derniers rayons du soleil pour faucher le plus de terrain possible.

Il n'était toujours pas de retour, lorsqu'une quinzaine d'hommes se présentèrent aux Vieilles Granges à la nuit tombée. Malgré la chaleur encore prégnante, ils étaient vêtus de lourdes vestes de cuir ouvertes sur des chemises crasseuses et chaussés de bottes passées par-dessus leur pantalon. Ils portaient de larges bérets noirs, qui accentuaient l'ombre en forme de loup vénitien sur leur visage. Ils étaient armés de carabines et de mitraillettes Sten cliquetant à chacun de leurs pas. Voyant approcher ces êtres hirsutes, Marie repensa à la reproduction d'une toile de Fernand Cormon représentant la tribu de Caïn errant dans le désert, qu'elle avait vue dans un livre. Elle reconnut les fils Donnedieu, Charles en tête du groupe, celui qui aurait bien aimé l'épouser alors qu'elle n'était encore qu'une enfant. Il se planta devant elle, balaya la cour du regard, puis présenta la troupe de maquisards dont il était le chef. *Soldats de la liberté*, dit-il solennellement en élevant la voix et sa carabine au-dessus de sa tête. Marie sentit les effluves d'alcool. Juliette se mit à pleurer à l'intérieur de la maison. Anna et Louis sortirent de l'étable, un seau de lait en main, et rejoignirent aussitôt Marie, effrayés à la vue du groupe en armes. Charles fixait toujours celle qu'on lui avait refusée.

– On dirait que la famille n'est pas au complet. Il est où ton homme ? On a quelques questions à lui poser.

– Il n'est pas là.

– C'est pas grave, on va l'attendre.

– Qu'est-ce que vous lui voulez ?

– Un bon mari laisse pas sa famille sans défense, avec tous les Boches qui rôdent, c'est pas prudent.

Donnedieu avait fait comme s'il n'avait pas entendu la question. Une fureur qu'il peinait à contenir incendiait son regard. D'une enjambée, il effaça la distance qui le séparait de Marie et passa une main dans ses cheveux.

– Une belle femme comme toi, en plus, ils pourraient être tentés d'en abuser, les Boches.

Elle recula, dégoûtée par son contact et son haleine de charognard. Elle entra, suivie de sa mère et de son fils, mais Donnedieu leur emboîta le pas, ainsi que les autres maquisards. Juliette était en larmes dans son berceau. Marie la prit dans ses bras pour la calmer. Donnedieu s'approcha, et ses yeux allaient de la mère à l'enfant, de l'enfant à la mère. D'une seule main, il leva lentement sa carabine et la tint un moment devant le visage de la fillette.

– Faut pas pleurer, petite. On a ce qu'il faut pour te protéger.

Les maquisards se marraient. Marie serrait Juliette contre elle. Donnedieu tendit son arme, colla le canon contre la joue de la fillette et le fit glisser vers le bas. Marie fut incapable de réagir. Plus personne ne se marrait. Le reste de la bande observait la scène, sans comprendre où leur chef voulait en venir, pourquoi il se plaisait à terroriser ainsi la gamine et sa mère. Hormis le frère de Donnedieu, les autres ne connaissaient pas l'histoire. Par son geste, Donnedieu voulait marquer cette femme, l'atteindre au plus profond de sa chair. Il jeta un coup d'œil à Anna pour signifier qu'il avait enfin trouvé un moyen de se venger aussi de celle qui lui avait refusé sa fille. Il voulut caresser de nouveau la joue de Juliette avec le canon, mais Anna se précipita juste à temps pour repousser l'arme.

– Vous n'avez pas honte de faire subir ça à une enfant !

L'autre ne s'en émut pas. Il recula d'un pas et demanda à Louis d'approcher. Le jeune garçon ne bougea pas, pétrifié par ce type qui venait de menacer sa sœur.

– Viens là, je vais pas te manger !

Le gamin jeta un coup d'œil à sa mère, et obéit à contre-cœur. Donnedieu retira la cartouche dans la chambre de sa carabine et verrouilla la culasse vide. Il passa les bras autour du gamin et lui montra comment se servir de l'arme.

– Je suis sûr que tu feras un bon résistant quand on aura besoin. La relève est assurée, pas vrai, les gars ?

Les autres approuvèrent en forçant un sourire. Donnedieu mit alors la carabine dans les mains de Louis.

– À ton tour, maintenant.

Marie lui ordonna d'arrêter, ajoutant que son fils n'était pas en âge de manier une arme à feu. Donnedieu répondit qu'il n'y avait pas d'âge pour défendre la patrie. Contrarié qu'on lui tienne tête, il demanda qu'on leur serve à boire pour patienter.

Anna sortit des verres du bahut, ainsi qu'une bouteille d'eau-de-vie. Les hommes s'assirent. Donnedieu posa sa carabine sur la table et installa de force Louis près de lui, provoquant Marie du regard. Ils remplirent eux-mêmes leurs verres et demandèrent une autre bouteille. Marie était déchirée entre l'envie que Clément revienne et la peur de ce qui pourrait arriver lorsqu'il serait face aux résistants.

Un des maquisards réclama de quoi manger pour éponger l'alcool. Anna décrocha le jambon pendu à une poutre derrière la cheminée et le déposa sur la table. Ils déplièrent leurs couteaux et se coupèrent d'épaisses tranches, se passant le jambon de main en main. Ils mastiquaient la bouche ouverte et on apercevait des lambeaux de chair coincés entre leurs dents. Pendant qu'ils mangeaient, ils rotaient et pétaient en riant aux éclats de leurs performances sonores. Ils ressemblaient à des soudards à la solde du diable, sûrement pas à des soldats de la liberté.

L'alcool délia peu à peu les langues. Ils évoquèrent une attaque prochaine de convoi allemand. Donnedieu ordonna à ses hommes de se taire, ils se turent aussitôt. Certains allumèrent des cigarettes. Ils avaient encore faim. Anna leur fit cuire des œufs. Ils se jetèrent dessus, sauçant les jaunes avec du pain, et des traces luisaient sur leurs lèvres et dans leurs barbes. Donnedieu força Louis à boire une gorgée d'eau-de-vie. Le gamin la recracha sur la table, provoquant l'hilarité générale.

– Tu t'y feras, mon garçon. T'as pas dû y goûter souvent, on dirait. Je serais ton père, ça fait longtemps que t'en aurais pris l'habitude.

Donnedieu but une généreuse lampée, puis, s'adressant toujours à Louis, il désigna d'un geste du bras la bande de soudards :

– Tu vois, fiston, il faut prendre soin de ceux qui luttent pour chasser les Boches de notre pays. Y a rien à attendre de De Gaulle. C'est rien qu'un froussard. On résiste pas en s'enfuyant la queue entre les jambes. On doit compter que sur nous autres pour libérer ce pays de l'envahisseur… et des traîtres.

Avant de quitter les Grillères, Clément avait bu un verre de vin avec ses frères. Il n'avait pas encore passé le portail, quand il entendit les pleurs de Juliette et des voix d'hommes en provenance de la maison. Il se précipita à l'intérieur, la faux entre ses mains. Donnedieu l'accueillit avec un large sourire.

– Oh là, oh là ! Regardez ça, vous autres. C'est la mort en personne, qui nous rend visite avec sa faux.

– Qu'est-ce que vous fichez là ?

Donnedieu fit une œillade à Marie.

– Ben, tu vois, on t'attendait en bonne compagnie.

– Pour quoi faire, vous m'attendiez ?

– Tu devines pas… t'as rien à nous dire ?

– Au sujet de quoi ?

– Des avions ont survolé le coin, la nuit dernière. J'imagine que t'es au courant.

– On les a entendus, comme tout le monde.

– Non, pas comme tout le monde, vu qu'ici, vous étiez aux premières loges. Les pilotes se sont trompés de point de largage, ils ont balancé leur cargaison au mauvais endroit.

– J'ai rien vu tomber du ciel, je ne suis même pas sorti.

– T'es pas bien curieux, alors. Moi, c'est ce que j'aurais fait.

– C'est pas ce que j'ai fait.

– Je sais pas pourquoi, mais j'ai du mal à te croire.

– Vous n'avez qu'à fouiller la ferme, si vous ne me croyez pas.

En disant ça, Clément repensa au souterrain. Il avait pris soin d'en masquer l'entrée. Si les maquisards le découvraient, ils reviendraient probablement piller les réserves de la famille.

Donnedieu ordonna à ses hommes d'explorer les bâtiments, pendant que son frère et lui surveillaient les Chénier. Ils se levèrent à contrecœur en titubant. Depuis la maison, on entendit les vaches meugler et les volailles s'égailler.

Les maquisards revinrent bredouilles. Donnedieu pointa alors son arme sur Clément.

– Tu t'en tires bien, pour cette fois, mais si on apprend que tu es mêlé de près ou de loin au vol de la cargaison, on reviendra, et je peux te garantir que ça sera pas la même farine.

– C'est toi qui parles de vol ?

Donnedieu se leva brusquement et plaqua la bouche du canon sur le torse de Clément.

– Qu'est-ce que tu viens de dire ?

– J'ai rien à ajouter.

– Mais si, vas-y, continue ! Tout le monde t'écoute.

Constatant que Clément n'avait pas l'intention d'en dire davantage, Donnedieu abaissa son arme.

– On va partir, mais je crois pas qu'on en ait fini, tous les deux.

Les maquisards avaient besoin de vivres pour les jours à venir. Ils emportèrent le reste du jambon, et un autre entier, du pain, les fromages qui séchaient dans le garde-manger et quatre bouteilles de gnole. Avant de sortir, Donnedieu jeta un dernier regard lubrique à Marie. Lorsque les résistants eurent enfin quitté la maison, Louis ne bougea pas de sa chaise, fixant la fenêtre, avec, de l'autre côté, la nuit dans laquelle se trouvaient les maquisards. Une étrange lueur brillait dans ses yeux, et ce n'était plus de la peur, mais une sorte de fascination pour ces hommes que la guerre avait engendrés et qui, sans elle, seraient demeurés de simples paysans. Marie caressait la tête de Juliette enfouie dans son cou. La petite ne sanglotait plus, désormais rassurée par le calme revenu et l'odeur de sa mère. Anna rangeait déjà les verres, les bouteilles vides, nettoyait les reliefs, comme pour effacer au plus vite les traces du passage de Donnedieu et de sa clique. Clément barrait l'entrée de la maison, tenant sa faux, prêt à refouler le premier qui oserait revenir. Ils ne revinrent pas. La peur s'éternisa.

La guerre entra véritablement aux Vieilles Granges ce soir-là. Il fallut des semaines avant de reprendre une vie normale. Marie sursautait au moindre bruit. Le même cauchemar la réveillait, là où se jouait un drame qui n'avait pas eu lieu. Les maquisards entraient dans la maison, et ils continuèrent d'y pénétrer jusque dans ses rêves de vieille dame. Elle eut beau nettoyer la maison de fond en comble, elle ne se débarrassa pas de l'odeur de l'acier posé sur la joue de sa petite Juliette, celle du cuir des vestes des maquisards, celle de leurs remugles, celle de leur haleine pestilentielle, celle de la charogne. Des odeurs regroupées en une seule, incarnant la mort. Louis, si espiègle et vif habituellement, devint taciturne et colérique. Marie le surprit un jour en train de fixer le fusil de son grand-père, accroché à une poutre. Elle tenta de parler avec lui de ce qui s'était passé, mais il demeura muet.

On apprendrait plus tard que des membres du groupe qui avait fait irruption dans la ferme des Vieilles Granges faisaient partie des maquisards massacrés par les Allemands dans la forêt des Moines, à une dizaine de kilomètres. Ils furent tous élevés au rang de héros. Marie éprouva un grand soulagement de savoir Donnedieu mort. Elle se moquait qu'il fût un résistant ou un Boche. Rien ne justifiait ce qu'il avait fait. Elle pensa que sa mort contribuerait à atténuer ses cauchemars. Ce ne fut pas le cas. Une terreur sournoise était en elle, tel un cancer endormi. Il y eut des rémissions, mais elle n'en guérit jamais totalement.

La médecine affirme que les très jeunes enfants sont frappés d'amnésie infantile, qu'en général, une fois adulte, on ne garde pas de souvenirs de ce qu'on a vécu avant trois ou quatre ans. Il n'y a aucune raison de douter de la science, tant que rien ne l'infirme.

Juliette grandissait, apparemment indifférente à la guerre. On pensait qu'elle serait la seule à ne pas s'en souvenir. Pourtant son caractère commença de se forger dans l'acier de l'arme que Donnedieu colla contre sa joue, un soir de juin 1942, alors qu'elle n'avait pas encore quatre mois. Elle ne réalisa sûrement pas ce qui se passait à ce moment-là. En revanche, la terreur avait traversé chacune des cellules du corps de sa mère, pour se propager dans celles de sa fille, sans qu'elle puisse en identifier la source, jusqu'à ce qu'on l'estime assez grande pour lui raconter l'irruption des maquisards.

C'était une enfant très calme, l'opposé de son frère. Elle était souvent perdue dans ses pensées, le regard habité par une gravité intérieure qu'elle semblait incapable d'exprimer par des mots, des larmes ou des cris. Marie s'inquiétait de son manque d'insouciance. Clément disait que ça lui passerait. Il était en admiration devant sa fille. Souvent, il l'emmenait avec lui dans l'étable pour profiter plus longuement de sa compagnie. Contrairement à Louis au même âge, Juliette ne bougeait pas de l'endroit où il l'asseyait, sous les poutres drapées de toiles d'araignées emprisonnant des cadavres de mouches, qui la fascinaient tant. La fillette ramassait des brins d'herbe et les tortillait entre ses doigts, suivant son père de ses grands yeux pleins d'angoisse, comme si le perdre de vue aurait conduit à le perdre tout court. D'une voix douce, il expliquait ses gestes, afin qu'un mouvement de fourche n'apeure pas sa fille. Parfois, elle sursautait quand une bête secouait la tête et agitait sa chaîne. Elle tendait alors ses petits bras, implorant la protection de son père. Clément n'en savait rien, mais le cliquetis des chaînes autour du cou des vaches rappelait à Juliette celui des armes à feu.

Louis ne s'intéressa à sa sœur qu'à partir du moment où elle se mit à marcher. Il jouait le rôle du grand frère. Telle une oie savante dans une basse-cour à qui apprendre toutes sortes de tours plus ou moins pendables, il la menait à la baguette. Il profitait de son statut pour affirmer son emprise sur elle.

Anna était elle aussi en admiration devant sa petite-fille. Elle retrouvait Marie dans bien des attitudes de l'enfant. Juliette était son sosie au même âge. Et puis, il y avait ce regard troublant, un de ces regards dont on a la sensation qu'il lit en vous, un de ces regards à qui vous ne semblez rien pouvoir cacher. Anna avait la sensation que la gamine savait déjà comment fonctionnait le monde, qu'elle n'avait aucune illusion sur la nature humaine, et ça la bouleversait de la voir si tôt pourvue d'une telle lucidité. Bien sûr, elle aimait Louis, mais d'un amour différent, plus distant. Il était dur avec elle. Elle en prenait son parti, subissant les caprices de son petit-fils comme pour se déculpabiliser un peu de son penchant pour Juliette.

Depuis quelque temps, elle se sentait fatiguée, diminuée. Elle maigrissait, n'avait plus beaucoup d'appétit. Elle avait travaillé toute sa vie, dedans, dehors, par tous les temps. À plus de cinquante ans, son corps lui parlait désormais dans une langue inconnue, qu'elle était seule à entendre, qu'elle ne voulait pas écouter, et encore moins traduire. L'épuisement et l'âge expliquaient sûrement sa faiblesse et la manière qu'elle avait désormais de s'en aller penchée.

Marie était trop occupée par ses enfants et la marche de la ferme pour s'apercevoir de quoi que ce soit. Elle n'avait jamais vu sa mère malade, hormis des rhumes et quelques courbatures, jamais rien de grave. Même si elle avait été moins accaparée par ses tâches, elle aurait sûrement dressé d'autres barrières pour ne rien remarquer, ne pas être tentée d'en voir plus. Les parents sont des rochers sur lesquels les enfants s'accrochent jusqu'au bout, même devenus vieux à leur tour. Marie n'avait plus qu'un seul rocher de ce genre, et il était inconcevable qu'il puisse s'éroder.

En avril 1943, Antoine, le père de Clément, vint aux Vieilles Granges inviter tout le monde à manger aux Grillères le dimanche suivant. Il revenait de La Roche, où il avait également convié les parents d'Anna, Robert et Maria, ainsi qu'Émile et sa famille. Il avait une annonce à faire. Clément tenta de savoir de quoi il s'agissait. Antoine répondit d'un air solennel qu'il voulait que la famille entière soit réunie pour tout révéler.

Les deux jours précédant le repas, les conjectures allèrent bon train. Quelqu'un était-il malade ? La femme d'Aimé ou de Gustave attendait-elle un nouvel enfant ? Aucune des hypothèses ne justifiait tant de mystère, ni la présence de tous.

Le jour venu, il faisait un temps magnifique. Clément attela la charrette, invita tout son monde à monter à bord, et on se mit en route pour les Grillères. Durant le trajet, personne ne tenta plus la moindre supposition à voix haute, chacun laissant vagabonder son imagination. Louis enjambait de temps à autre une ridelle, sautait à terre et prenait de l'avance sur les bœufs pour explorer un fossé.

Il remontait ensuite dans la charrette, une bestiole dans les mains, sauterelle, rainette ou scarabée, qu'il confiait à sa sœur, émerveillée du cadeau.

Quand ils arrivèrent aux Grillères, le couvert était mis dans la vaste cuisine, comme à l'accoutumée. Les enfants furent tenus à l'écart, surveillés par Suzanne, la femme d'Antoine. On leur avait dit que les grandes personnes avaient des choses importantes à se dire. Antoine s'installa en bout de table et fit asseoir les convives. Étaient donc présents Anna, Marie, Clément, Gustave, Aimé, leurs femmes, Marguerite et Léonie, Émile et son épouse, ainsi que Robert et Maria. Tous remarquèrent les deux places vides, et seule manquait Suzanne. Personne n'eut l'occasion de demander une explication. La porte menant à la cave s'ouvrit. Un homme apparut, demeurant dans l'encadrement, immobile, comme si la mise en action de ses muscles et de ses articulations ne dépendait pas de lui, mais de tous ceux qui se trouvaient autour de la table, comme s'il ne savait toujours pas s'il rejoindrait cette place que lui avait réservée Antoine, si les autres le lui permettraient. Surpris par l'apparition, ceux des Vieilles Granges et de La Roche fixaient l'homme, grand, blond, efflanqué, d'environ trente ans, qui souriait d'un air gêné. Il fit un signe de la tête en guise de salut, puis Antoine reprit la parole :

– Je vous présente Guillaume.

Antoine s'interrompit, comme pour préparer l'assistance à ce qui allait suivre. Tout le monde était pendu à ses lèvres.

– Il est allemand.

Le vieux Robert se leva vivement, renversant sa chaise.

– Un Boche ! Qu'est-ce qu'il fout là ?

– Assieds-toi, Robert, je vais tout vous expliquer !

– Il n'y a rien à expliquer, je reste pas une seconde de plus.

Maria agrippa le bras de son mari.

– Écoute ce qu'il a à dire. Il sera temps de partir après.

Robert balaya l'assemblée du regard.

– Vous dites rien, vous autres ?

Voyant qu'il ne trouvait aucun allié parmi les invités, il s'adressa à Antoine :

– Si tout le monde est contre moi… Dis ce que tu as à dire, mais ça changera rien.

– Un matin, j'ai découvert des coquilles d'œufs dans la grange, sur le foin. J'ai d'abord pensé à une sauvagine et je me suis mis à l'affût un soir, avec mon fusil. Je m'attendais à voir arriver une fouine et c'est mon Guillaume qui s'est pointé, tout surpris de se retrouver au bout du canon. À ce moment-là, je savais pas qui c'était, vu que je ne distinguais qu'une vague silhouette. Je lui ai dit de pas bouger et de me dire qui il était. J'ai bien failli tirer quand il m'a dit qu'il était allemand. Il m'a tout déballé en français, qu'il faisait partie de la division SS Das Reich, qu'il avait déserté, qu'il préférait mourir plutôt que d'obéir une minute de plus au régime nazi. Il était épuisé. Il dormait dans la grange depuis une semaine, il se levait aux aurores, puis il allait se planquer dans les bois pour pas qu'on le découvre.

Robert jeta un regard furieux sur Guillaume.

– Ça prouve rien, c'est peut-être un espion.

– Et il espionnerait qui, d'après toi ? Nous ?

– Tu as pensé aux conséquences si ça vient à se savoir ?

– Évidemment que j'y ai pensé. J'ai pas pris la décision seul. J'ai réuni tout le monde pour en discuter. Personne n'a hésité quand on a décidé de l'héberger. Tant qu'il sera ici, il s'appellera Joseph Monin, un cousin muet qu'on a recueilli le temps de la guerre. Comme ça, son accent ne risquera pas de le trahir.

– C'est de la folie.

Antoine haussa le ton :

– C'est cette guerre qui est une folie, Robert. Tu imagines le cran qu'il lui a fallu pour s'enfuir, ce qu'il risque comme déserteur. Sans compter qu'en Allemagne, il a lui aussi une famille, une femme et une fille. Si on le jette dehors, il sera pris entre deux feux : les SS d'un côté, les maquisards de l'autre. Il n'a aucune chance de s'en tirer…

– Et les gamins, ils en parleront forcément à l'école.

– Pour eux, c'est un cousin. Guillaume ne parlera pas en leur présence.

– T'as pensé à tout, mais pas sûr que ça suffise.

Devant les réticences persistantes de Robert, Guillaume prit la parole, s'exprimant dans un très bon français teinté d'un fort accent allemand :

– Je comprends que vous ne vouliez pas prendre de risques pour vos familles. Vous avez été très bons avec moi et je ne veux pas vous causer davantage de problèmes. Je vais m'en aller…

– T'iras nulle part.

Antoine avait coupé Guillaume, et il fixait toujours intensément Robert.

– Je pourrais pas me regarder dans une glace si j'aidais pas cet homme. Il est plus courageux que nous tous réunis.

Et toi, Robert, tu pourrais te regarder dans une glace en sachant qu'on l'a laissé tomber ?

Robert se tourna vers Anna.

– Tu dis rien, toi non plus. Y a donc personne de sensé dans cette famille ?

Il essaya de se raccrocher à Clément et Marie.

– Et vous autres, vous êtes aussi muets ? Et toi, Émile, aide-moi à leur faire entendre raison, nom de Dieu !

Émile baissa la tête.

– Je vous aurai prévenus. Faudra pas venir pleurer quand ça tournera mal.

Antoine remplit le verre de Robert.

– Assieds-toi, maintenant !

Robert se rassit à contrecœur.

– T'auras jamais assez de vin pour me faire avaler la pilule, crois-moi.

– Ça se voit que t'as jamais visité ma cave.

Guillaume s'installa entre Gustave et Émile, face à Marie. Robert ne dit plus un mot de tout le repas, écoutant le récit de celui qu'il considérait comme un ennemi. Guillaume était professeur de français avant la guerre. Il n'avait pas de mots assez durs contre Hitler et sa meute, qui mettaient le monde à feu et à sang. Il ne pouvait même plus écrire à sa femme et ses parents, au risque que ses lettres soient interceptées. Ils devaient être morts d'inquiétude de ne pas avoir de nouvelles. Peut-être subissaient-ils des représailles à la suite de sa décision. Il ne savait rien de ce qui se passait en Allemagne. Finalement, le mieux était encore qu'on le croie mort.

Après le repas, tout le monde adopta Guillaume. On

était pourtant conscient de ce qu'on risquait, si jamais son identité venait à être découverte.

Pas plus aux Grillères qu'aux Vieilles Granges et à La Roche le secret ne fut éventé. Personne ne songea à remettre en question la décision d'héberger un innocent qui, à sa manière, luttait ardemment pour la liberté. Seul Robert conserva ses distances, affirmant haut et fort qu'il ne remettrait pas les pieds aux Grillères tant que le Boche y vivrait.

Guillaume était un homme merveilleux, travailleur et d'une grande gentillesse. Il s'entendait bien avec tout le monde, et même Robert finit par mettre un peu d'eau dans son vin. Il trouvait le temps de s'amuser avec les enfants, mimant pour se faire comprendre, avec de grands gestes qui faisaient beaucoup rire les gamins. Il était d'humeur égale, malgré l'épreuve qu'il vivait. Il gardait encore foi en l'humain. Il admirait les philosophes des Lumières, surtout Diderot. Il se sentait coupable d'appartenir à une nation dont le représentant *suprême* justifiait toutes les formes de barbaries.

Durant son séjour aux Grillères, on ne l'entendit jamais prononcer un mot allemand. Sa langue originelle était devenue une souffrance à son oreille. Il l'avait trop entendue lancer des ordres justifiant toutes sortes de crimes et de châtiments. Il serait temps de la réapprivoiser, une fois de retour dans son pays, si seulement il avait cette chance. Si tel était le cas, se retrouverait-il sur le sol des vainqueurs ou sur celui des vaincus ? Que serait-il advenu de sa femme, sa fille, ses parents ? Pas un jour, pas une nuit ne passait sans qu'il imagine tous les scénarios possibles. L'horreur tenait souvent la corde. En de tels moments, il en venait à regretter sa désertion, puis le souvenir des abominations dont il avait été témoin finissait par le ramener dans l'axe de son choix, au moins pour quelques heures.

Guillaume se rappelait qu'au cours de l'histoire, des hommes et des femmes avaient refusé de courber l'échine, de fermer les yeux, en se dressant face à l'oppresseur. C'était grâce à leur attitude que l'amorce d'un changement avait pu s'opérer. Lui s'était dressé à sa manière, par son refus d'obéir. Cela valait-il le sacrifice de sa famille ? Pour s'en sortir, il résolut de ne plus se poser la question en ces termes, de préférer que les siens ne survivent pas dans un pays où la haine du juif et de toutes les différences était érigée en dogme.

Guillaume ne faisait jamais part de ses états d'âme à quiconque. Si on l'avait surpris en proie aux affres de ses doutes, on aurait vu l'insondable profondeur de son désespoir, qu'aucune larme ne parvenait à apaiser.

Il n'allait jamais au village. Lorsque quelqu'un s'annonçait aux Grillères, il se cachait jusqu'à ce que le visiteur soit reparti. Les rares fois où il n'eut pas le temps de s'esquiver, il joua son rôle de muet avec conviction, si bien que nul n'aurait su le démasquer.

Une grande complicité s'instaura entre Marie et Guillaume. Il éprouvait une immense gratitude pour ses hôtes, mais personne aux Grillères ne pouvait répondre à son amour de la littérature. Il n'y avait que Marie pour combler en partie ce manque. Ils avaient commencé d'en parler lors du premier repas. À l'invitation de la jeune femme, Guillaume prit l'habitude de se rendre aux Vieilles Granges chaque dimanche, n'empruntant ni route ni chemin, traversant les prairies, les champs et les bois, afin de ne pas être vu. Toute la semaine, il attendait ce rendez-vous. Juliette et Louis l'adoraient. Il leur apportait toujours un cadeau, de petits animaux sculptés avec son canif au manche en nacre provenant de sa Bavière natale. Clément était peu disert en présence de l'Allemand. Il prétextait à chaque fois une tâche pressante pour disparaître. Guillaume et Marie pouvaient alors discuter tranquillement de leur passion commune.

Guillaume s'attardait aux Vieilles Granges une bonne partie de l'après-midi. Durant ses visites, il prêta à Marie les deux seuls livres qu'il avait emportés, des ouvrages en français : le *Faust* de Goethe, et *Les Grandes Espérances* de Charles Dickens. En échange, elle lui confia ceux que Sarah Glassmann lui avait donnés, des livres de Victor Hugo, Alexandre Dumas, Robert Louis Stevenson, Jules Verne, pour les principaux. Guillaume avait lu la plupart, mais il les relut avec plaisir. Marie se remit à lire. Lorsqu'ils discutaient de leurs lectures, elle se sentait un peu idiote de ne pas pouvoir établir de liens entre d'autres œuvres, de ne pas savoir faire émerger les thèmes propres à l'époque, ce genre de choses. Contrairement à Guillaume, elle n'était pas allée au-delà du certificat d'études. Il disait qu'il l'enviait au contraire de n'avoir pas toutes les références qui pour sa part encombraient son esprit, souvent au détriment de l'émotion, perdue précisément au cours de son cursus universitaire. À trop analyser la forme et le fond, il en était venu à étouffer son goût de l'épopée.

Quand la journée touchait à sa fin, il rentrait aux Grillères le cœur plus léger d'avoir moins pensé à sa famille.

Au fil des visites dominicales, Clément devint de plus en plus taciturne, distant, et se referma sur lui-même. Il prit l'habitude de disparaître avant que Guillaume n'arrive à la ferme. Marie s'en rendit compte. Et elle n'était pas femme à ruminer ce qui la tracassait. Un soir, alors qu'ils venaient de se coucher, elle n'ouvrit pas le livre qu'elle était en train de lire, n'éteignit pas la lampe, attendant que son mari réagisse. Cela ne tarda guère :

– Tu ne lis pas ?

– J'en ai pas envie.

– C'est pas dans tes habitudes...

– Qu'est-ce que tu as depuis quelque temps ? Je vois bien que ça ne va pas.

Clément prit un temps. Un craquement du plancher au-dessus de leur tête rendit le silence plus solennel encore.

– C'était un homme comme lui qu'il te fallait.

– De quoi tu parles ?

– L'Allemand, ce Guillaume, c'est le genre d'homme qui te rendrait plus heureuse que moi, je le vois bien.

– Ma parole, tu es jaloux ?

– Je me rends bien compte qu'il te donne ce que je ne suis pas capable de te donner, et en plus, il est bel homme.

– On discute des livres qu'on a lus. C'est vrai que je le trouve aussi très courageux de refuser d'obéir au régime nazi.

– Tu vois que j'ai raison.

Marie cherchait à capter le regard fuyant de son mari.

– Clément Chénier, tu dis n'importe quoi. Je suis ta

femme, et ce que tu m'apportes, personne d'autre ne pourra jamais me l'apporter.

– Et je t'apporte quoi ?

– De la sérénité, la foi en l'avenir, ton amour, et aussi, je t'admire. Sans toi et les enfants, ma vie n'aurait aucun sens.

– Tu dis ça pour me faire plaisir.

– Je croyais que tu me connaissais par cœur.

– Je te connais.

– Alors arrête de penser à des choses qui ne sont pas.

Clément regarda Marie comme si elle était descendue d'un arc-en-ciel pour lui offrir les couleurs. Elle approcha son visage du sien.

– Qu'est-ce que tu vois ?

– Toi, je vois que toi.

– Moi aussi, je vois que toi.

Après cette discussion, tout rentra dans l'ordre, Marie retrouva le Clément d'avant. Une franche amitié s'instaura entre lui et Guillaume, que l'on finit par considérer comme un membre de la famille.

On s'habitua à la guerre, du moins à l'Occupation. Certains s'en accommodèrent, d'autres y laissèrent la vie, d'autres encore, leur honneur. On pensait que la situation pouvait s'éterniser. On vivait dans le présent en se référant au passé. On ne se risquait pas au-dela. On avait appris que la soif de conquête étendait le territoire de la folie dans le cerveau des conquérants. Les nouvelles qui parvenaient aux Herbiers ne démentaient en rien cet état de fait.

On était loin d'imaginer la trame tissée en secret par les Alliés. Loin d'imaginer que quelques semaines plus tard, une voix égrènerait à la radio une poignée de vers mystérieux : « Les sanglots longs des violons de l'automne… Je répète… Les sanglots longs des violons de l'automne… Blessent mon cœur d'une langueur monotone… Je répète… Blessent mon cœur d'une langueur monotone. » Verlaine ouvrait la route de la liberté de la plus belle des manières, de la plus tragique aussi.

La grande nouvelle se répandit aux Herbiers et dans les hameaux alentour comme une nuée de fourmis volantes avant l'orage. Déjouant les services de renseignement allemands, les soldats américains venaient de débarquer sur les plages normandes. Beaucoup étaient tombés, mais les survivants avaient passé le barrage des fortifications et marchaient déjà vers l'intérieur des terres pour libérer le pays. La fin de la guerre était proche.

La Résistance se sentit pousser des ailes. Elle ne voulait pas être en reste, souhaitait prendre part à la victoire finale en multipliant les embuscades.

Le soir du 9 juin, Louis faisait descendre du foin par la trappe de la barge pour nourrir les vaches quand il entendit un grondement dans le lointain. Il pensa qu'un orage approchait et grimpa jusqu'à la lucarne du pignon pour contempler les éclairs. Il vit des lumières progresser sur la route en contrebas et pas un seul éclair dans le ciel. Il s'empressa de prévenir ses parents.

Massée devant la lucarne, la famille Chénier observa la lente montée d'une colonne de véhicules. Camions, motos, blindés, voitures, ça n'en finissait pas. On aurait cru un gigantesque serpent muni de centaines d'yeux palpant l'obscurité, dont les anneaux disparaissaient derrière le mur du cimetière des Herbiers. Tout le monde se taisait, priant pour que le monstre ne s'arrête pas en chemin planter ses crochets venimeux dans le village. Juliette tremblait, fascinée par les lueurs surnaturelles. Louis était impressionné lui aussi par l'interminable défilé. Puis les lumières s'évanouirent et le bruit des moteurs s'estompa.

Le souvenir de la traversée du village par la *colonne de la mort* demeurerait intact dans la mémoire de Louis. Il ne se débarrasserait jamais du bourdonnement des moteurs sous son crâne. C'est sûrement une des raisons pour lesquelles la mort ne lui ferait plus peur, se considérant, à sa manière, comme un survivant. Il ne croirait plus jamais au paradis ni à l'enfer. Là-haut, personne ne fait le tri. Il n'y a pas les gentils d'un côté et les méchants de l'autre, personne pour en juger. Rien que le vide. Pourtant, il en voudrait encore, du temps. On est tous pareils. Même quand on se dit qu'on a eu sa part, voilà qu'on en redemande un peu. Il serait toujours ce gamin assis devant la lucarne d'une grange le 9 juin 1944, un gamin à la fois fasciné et horrifié.

Le lendemain, aux Herbiers, on ne parlait que de *l'événement*. Les Allemands quittaient le pays, la queue entre les jambes, disait-on. Clément fêtait la nouvelle au bistrot de la mère Bialot. Un paysan du coin raconta que la division Das Reich, celle-là même qu'on avait vue se replier, s'était arrêtée la veille dans le bourg du village le plus proche. L'officier en chef avait ordonné de rassembler la population dans la cour de l'école. Ils avaient ensuite trié les femmes et les enfants pour les guider vers l'abbatiale. La maire du village, nommée par le gouvernement de Vichy à la suite de la démission de son prédécesseur, avait alors demandé à rencontrer l'officier en chef. C'était une femme déterminée, grande érudite, enseignante normalienne, qui parlait couramment l'allemand. Les SS l'avaient conduite à l'hôtel où s'étaient retranchés l'officier et sa garde rapprochée. L'entrevue avait duré des heures. L'homme ne savait rien du contenu de la conversation, si la connaissance de la langue de Goethe avait permis à elle seule d'amadouer le Boche. Ce qui était en revanche certain, c'est que les Allemands avaient ensuite libéré l'ensemble de la population et qu'ils avaient repris la route vers le nord. La conviction et le courage d'une femme avaient-ils suffi à les convaincre ? Beaucoup mirent cet épisode sur le compte du destin, qui avait relancé les dés sur les routes sinueuses.

On s'était remis à boire de plus belle, quand Pradel fit irruption dans le bistrot, la mine défaite. Il demanda le silence et annonça qu'en représailles de la mort d'une trentaine de soldats allemands par les francs-tireurs, les SS avaient pendu des hommes de tous âges aux balcons et aux réverbères d'une ville voisine. Il n'en savait pas plus. Le récit de l'effroyable tragédie stoppa net les effusions. Le bistrot se vida aussitôt. La ville se situait à une quarantaine de kilomètres des Herbiers, certains y avaient de la famille.

Au village, les habitants réalisèrent à quoi ils avaient échappé. Ils étaient partagés entre leur bonne fortune et une peine immense.

Anna se souvenait des mots de Louis à son retour de la Grande Guerre, la seule fois où il en avait parlé. Il n'avait jamais éprouvé de véritable haine envers l'ennemi. Pour lui, le bien et le mal n'étaient pas dans deux camps bien définis. C'étaient les mêmes malheureux qui s'élançaient à l'assaut, de part et d'autre de la ligne de front. La même humanité confrontée à l'horreur la plus absolue. Cette guerre-ci n'avait pas grand-chose en commun avec la précédente, en ce sens que le mal était incarné par un monstre.

Comme tout le monde, elle pensa que le monstre blessé regagnerait sa tanière sans plus faire de victimes, que les dés lancés par le destin termineraient leur course très loin d'ici. Comme tout le monde, elle le pensa deux jours entiers, deux jours de deuil commun, jusqu'à ce qu'elle apprenne que les dés s'étaient immobilisés dans un autre village le lendemain de la traversée des Herbiers par la macabre caravane.

Des innocents furent jetés dans les flammes de l'enfer sous le regard impassible des nazis, et même celui de

Dieu. La barbarie, nous dit-on, s'applique aux peuples non civilisés, et ce n'était pas le cas de l'Allemagne. La folie destructrice d'un seul homme ne peut expliquer une telle tragédie. Un petit homme en passe d'être défait, boursouflé de colère et de haine, insignifiant en d'autres circonstances, continuait de recouvrir le monde de ténèbres. Un homme, non une créature ou un démon sorti d'un livre. Un homme, tout comme les officiers qui continuaient de lui obéir aveuglément.

Anna se rendit à l'église afin de prier pour le salut de l'âme des innocents. Elle se demanda comment des esprits humains étaient capables d'élaborer de telles abominations et d'ordonner leur exécution de sang-froid. La haine avait donc le pouvoir d'anéantir le champ de la pensée. En quittant le lieu saint, elle eut le sentiment que ce n'était ni Dieu ni l'Homme que l'on venait d'assassiner, mais l'enfant quittant le ventre de sa mère.

Lorsqu'il apprit le massacre, Guillaume s'effondra. Il s'excusa mille fois, au nom de tous les siens, auprès de ceux qui l'avaient accueilli. On eut beau lui dire qu'il n'y était pour rien, qu'au contraire, il avait résisté de la plus noble des manières, il demeurait inconsolable.

Il ne se rendit plus aux Vieilles Granges, n'osant plus partager avec Marie la culture du peuple qui avait permis ce carnage. Puisque la victoire des Alliés était acquise, il se prépara à rentrer en Allemagne pour retrouver sa famille, après toutes ces années passées loin des siens. Sa place était auprès d'eux. Il allait enfin avoir des réponses aux questions qu'il n'avait cessé de se poser. Comment réagiraient sa femme et sa fille en le voyant ? Elles s'étaient sûrement préparées à sa mort. Dans quel état allait-il retrouver son pays ? Que deviendrait l'idée même de nation après la guerre ? Comment son peuple allait-il se relever ? Se relèverait-il seulement ? Comment une simple famille pourrait-elle se relever ? Qui allait le permettre, alors que le mot d'ordre qui se répandait partout était « vengeance » ?

Guillaume rassembla ses maigres affaires. Le jour de son

départ, tout le monde était présent aux Grillères. L'émotion étreignait pareillement les cœurs des petits et des grands. Sa voix chevrotait lorsqu'il les remercia. Les enfants furent surpris de l'entendre parler pour la première fois. On leur expliquerait plus tard les raisons du prodige.

Gustave proposa d'accompagner Guillaume à la gare. Il refusa, sans donner d'explication. Je crois qu'il considérait la marche du retour comme une pénitence, le moyen d'expier autant que possible une faute qu'il n'avait pas commise. Il promit d'écrire, une fois rentré chez lui, et même de revenir plus tard avec sa femme et sa fille, afin de leur présenter ses bienfaiteurs. Il offrit *Les Grandes Espérances* à Marie et sa timbale en argent à Antoine, puis il s'approcha de Robert. Le vieil homme se tenait en retrait, appuyé sur sa canne, résistant à l'émotion qui ne l'avait pas épargné, mais dont il ne montrait aucun signe. Guillaume lui offrit son canif au manche en nacre. Robert prit le cadeau dans sa grosse main aux ongles atrophiés, soutenant le regard de cet homme qu'il s'était empressé de juger bien trop hâtivement, honteux de sa bêtise. Il parvint à dire qu'il s'était trompé sur son compte, qu'il lui souhaitait un bon retour et une belle vie. Guillaume remercia le vieil homme, posa une main sur son épaule et sourit tendrement. De mémoire de Vialle et de Chénier, on n'avait encore jamais vu la moindre larme s'attarder au coin des yeux délavés du patriarche. Lorsqu'il contracterait une pneumonie, l'année suivante, il demanderait avant de mourir qu'on glisse le précieux canif dans une poche de son habit mortuaire.

Guillaume s'en alla, la gorge serrée. Lorsqu'il eut disparu à l'angle du premier virage, personne n'avait encore bougé.

Mutiques figurants, qui laissaient déjà leur mémoire prendre le relais. Un rayon de soleil frappa la timbale en argent, tel le flash d'un appareil photographique immortalisant le souvenir que chacun garderait de cet homme.

On attendit sa première lettre avec impatience. Elle n'arriva jamais. On ne sut pas s'il avait été tué en chemin ou s'il avait subi des représailles dans son propre pays. *Les Grandes Espérances* ne quittèrent jamais la table de chevet de Marie. Le livre refermé lui racontait une autre histoire que celle qui était imprimée, l'histoire d'un homme d'honneur qui valait cent fois le maudit résistant qui avait plaqué le canon de son arme sur la joue d'une enfant.

Les libérateurs paradèrent dans les rues à bord de tanks, de jeeps, de motos et de camions, communiant avec la population française en liesse. La guerre était certes finie, mais on était loin d'en avoir terminé avec ses conséquences, tant du côté des vaincus que des vainqueurs. Celle-là, on ne se risqua pas à la qualifier de *Der des Ders*.

Les portes des camps de concentration s'ouvrirent sur d'autres atrocités. Ce ne furent pas des hommes, des femmes et des enfants qui sortirent d'Auschwitz, de Treblinka, de Dachau, de Birkenau, d'une démarche de mort-vivant, c'étaient des yeux, des yeux immenses enfoncés dans leurs grottes d'os, un même regard tourné vers ce en quoi ils ne croyaient pas encore, ce en quoi ils ne pouvaient pas croire, car le prix qu'ils avaient payé était bien trop considérable pour envisager l'idée même de liberté. Des yeux hagards et vides, et non des squelettes recouverts d'une peau de papier, sous leurs uniformes rayés.

Dans toutes les villes et les villages on trouva des coupables à se mettre sous la dent. Peu importait s'ils l'étaient vraiment, on s'en moquait, du moment que quelqu'un réglait une partie de la note. Il y eut des procès publics, des privés, toutes sortes d'humiliations. Le grand coupable avait fait en sorte de ne jamais être confronté aux victimes en se donnant la mort dans son bunker. Quelques officiers de ses légions furent jugés et exécutés. Contrairement à eux, on ne put passer l'idéal nazi par les armes.

Les soldats français qui avaient été faits prisonniers lors de la débâcle de 1940 revinrent au compte-gouttes, des semaines, parfois même des mois après la fin de la guerre. Ils furent dix-sept, aux Herbiers, à retrouver leurs familles après quatre années d'exil forcé. Ils avaient été plus ou moins bien traités pendant leur détention. Quelle que fût leur expérience, elle n'avait rien en commun avec l'horreur des camps de concentration. Ces paysans avaient travaillé dans des fermes allemandes, côtoyé des gens semblables à eux, hormis la nationalité, des gens qui n'avaient pas plus souhaité la guerre qu'eux-mêmes, mais qui s'étaient trouvés pris dans ses rouages, obligés d'accepter cette main-d'œuvre au fond providentielle, après le départ des hommes à la guerre.

Durant l'été 1945, trois mois après la capitulation allemande, on apprit que les Américains venaient d'utiliser la bombe atomique, affirmant que c'était un moyen de garantir la paix. Allez raconter ça aux victimes d'Hiroshima et de Nagasaki !

Aux Herbiers, on en parla, de la bombe. On prit parti pour les Américains. Après tout, sans eux, on serait encore sous le joug d'Hitler. Le Japon était loin, on oublia vite, on avait d'autres chats à fouetter.

La guerre continua de faire longtemps parler d'elle. Les langues se délièrent, à tort ou à raison. Les Rochette, qui avaient profité de l'argent tombé du ciel, firent un temps profil bas pour ne pas trop éveiller les soupçons. Clément ne les dénonça pas, ainsi qu'il l'avait promis. S'il ressentait de la honte pour ces hommes qui étaient venus le chercher la nuit du largage, eux n'en éprouvèrent jamais aucune. Il faut croire que la richesse possède des vertus insoupçonnées d'amnésie. Clément pensait que les traîtres finiraient par être démasqués un jour ou l'autre. Cela ne se produisit pas. Il perdit alors toute forme de naïveté. Des Rochette, il y en avait dans beaucoup de villages.

Au fil du temps, Clément se concentra sur l'essentiel. Il avait des raisons d'être heureux. La famille ne comptait aucune victime, le troupeau était intact, les stocks de céréales avaient été préservés, les terres avaient toujours été entretenues, en état de produire le meilleur. Il avait aussi des raisons d'avoir confiance en l'avenir. L'espoir renaissait partout. Le chantier de reconstruction était immense, mais de Gaulle le sauveur était à la tête de la nation, un grand homme à la mesure de la tâche, un homme capable d'insuffler le grand élan national nécessaire à la reconstruction du pays.

Il y eut encore plus d'avions dans le ciel, plus d'automobiles sur les routes. Le bruit se propagea dans les campagnes. L'exode rural, initié après la Première Guerre mondiale, prit une ampleur considérable. Beaucoup de jeunes eurent à leur tour le désir de s'émanciper de siècles de dévotion à la terre des ancêtres. Ils voulaient connaître autre chose, conquérir des territoires moins contraignants que ceux qu'ils avaient arpentés, accéder à de nouveaux plaisirs. Ils voulaient se rendre la vie plus facile.

Les villes se peuplèrent, s'agrandirent. On demanda aux paysans, alors moins nombreux, de produire davantage, de participer à l'effort de réindustrialisation en nourrissant les citadins. On se mit à parler de productivité. On déifia le mot. On inventa sans relâche des moyens de l'augmenter par l'utilisation de machines, d'engrais, de pesticides, qui en quelques décennies bouleverseraient des équilibres millénaires et qui, au prétexte de soulager les paysans, révolutionneraient leurs traditions et les rendraient esclaves du progrès. Tout alla vite, très vite, trop vite. On ne s'en rendit pas compte à l'époque.

Il est facile aujourd'hui d'affirmer qu'on s'est trompé, de désigner les coupables. Il est facile de revisiter l'histoire avec du recul, mais ceux qui vécurent en ces temps euphoriques d'après-guerre sentaient encore sur leur épaule la douleur d'un autre recul, celui de l'arme tenue par les envahisseurs allemands. Ils étaient prêts à tout pour l'oublier.

Aux Vieilles Granges, on travaillait encore la terre avec des animaux. Mais on entendait le bruit des moteurs grignoter peu à peu le silence alentour. On croyait aux bienfaits de la modernité. On n'avait simplement pas les moyens de lui emboîter le pas aussi vite qu'ailleurs. On patienterait le temps nécessaire. On ne voulait pas s'endetter inconsidérément. Il faudrait attendre l'automne 1946 pour que l'électricité s'invite à la ferme.

Tout le monde était en bonne santé, c'était là l'essentiel. Les enfants ne manquaient de rien. Les affaires reprenaient. Les veaux se vendaient bien. On était sur de bons rails. Clément avait le don d'actionner les aiguillages au moment opportun. On travaillait toujours très dur à la ferme, mais ça en valait la peine. On se faisait une belle idée de la suite.

Clément n'avait plus visité depuis longtemps la parcelle située près de chez Donnedieu. Connaissant l'homme, il valait mieux s'y rendre sans tarder, afin de vérifier que tout était en ordre. Louis voulut l'accompagner. En chemin, il raconta à son fils comment Donnedieu avait retiré les bornes et déboisé leur parcelle avant la guerre, puis comment ses frères et lui avaient replacé les bornes et replanté la parcelle. Il ne crut pas utile de préciser que les fils Donnedieu étaient avec les maquisards qui avaient débarqué aux Vieilles Granges pendant la guerre. Il savait combien l'événement l'avait profondément marqué.

Lorsqu'ils arrivèrent sur les lieux, ils constatèrent que les bornes étaient bien en place et que les arbres poursuivaient leur croissance. Rassurés, ils poussèrent jusqu'aux abords de la ferme. Dans un pré, des vaches raclaient les dernières touffes d'herbe jaunie. Leurs os saillaient sur leur dos, semblables à des chevalets de sciage. L'allée, auparavant parfaitement entretenue, était recouverte de renouées, de pourpiers, d'amarantes et de chénopodes. Les yuccas s'étaient tellement étoffés devant l'entrée principale qu'ils masquaient les piles en pierre jusqu'à mi-hauteur et en grande partie le portail. Seuls les deux volets du rez-de-chaussée de la maison étaient ouverts. Pas âme qui vive, pas la moindre volaille batifolant dans la cour, pas le moindre grognement de porc en provenance de la soue, pas le moindre meuglement dans l'étable pour rendre l'atmosphère un peu moins lugubre. Clément et Louis s'apprêtaient à repartir.

– Qu'est-ce que vous foutez là ?

Père et fils sursautèrent. Ils remarquèrent alors seulement l'homme qui se tenait sous un appentis, un fusil entre les mains. Donnedieu ne ressemblait plus du tout à l'acerbe patriarche qui avait éconduit Clément quelques années plus tôt. Il se tenait courbé comme un vieillard, vêtu de frusques trop grandes pour son corps amaigri. Puis, comme si une énergie auparavant insoupçonnable venait d'irriguer ses muscles, il pointa son arme en direction des intrus.

– Hé, mais je te reconnais, tu es Clément Chénier… C'est ton garçon avec toi, je suppose !

Clément attrapa Louis par l'épaule pour faire demi-tour.

– Papa, il ne va quand même pas nous tirer dessus ?

– Marche devant moi, fils ! Ça va aller.

– C'est ça, fous le camp, espèce de lâche ! J'ai plus de fils, moi. Ils sont morts tous les deux pour la patrie. Toi, je crois pas que t'aies perdu grand-chose pour la défendre.

Ils s'éloignèrent lentement, et la voix de l'homme ne faiblissait pas :

– Il ne me reste plus rien, à moi, t'entends, plus rien, plus rien du tout. Tu dois bien savourer ta vengeance.

Clément et Louis étaient toujours à portée de fusil. Il y eut un long silence, puis Donnedieu reprit d'une voix menaçante :

– Regarde-moi, quand je te parle !

Clément obéit, protégeant son fils avec son corps. Le soleil matinal inondait maintenant la cour et frappait Donnedieu en pleine face. Il tenait toujours son fusil à bout de bras, crosse calée contre sa hanche droite, telle une extension maléfique. Clément savait que rien de ce qu'il pourrait dire ne serait en mesure d'atténuer la douleur de cet homme, qu'affirmer qu'il n'était pas responsable de ce qui lui arrivait ne servirait qu'à attiser sa colère. Voyant que l'autre ne réagissait pas, Donnedieu poursuivit, et cette fois sa voix tremblait :

– Ça devait pas se terminer comme ça. Ça devait pas…

Il se tut, fit basculer le fusil, glissa son pouce à l'intérieur du pontet, planta les bouches des canons sur son menton et pressa la détente. Son visage explosa dans une gerbe pourpre, semblable à des braises. Il s'effondra et chuta au sol dans un bruit sourd, agrippant encore l'arme qui venait de le délivrer. Clément tendit les bras en arrière, de sorte à immobiliser Louis.

– Ne regarde pas, fils ! Surtout, ne regarde pas !

– Tu es blessé ?

– Non, je n'ai rien.

La femme de Donnedieu sortit de la maison en trombe. Elle se précipita sur le cadavre en criant et s'agenouilla près de lui, les mains sur les cuisses. Elle se mit à se balancer d'avant en arrière, fixant la bouillie de chair, et les cris se muèrent en lamentations. Louis essaya de se dégager de l'étreinte de son père, mais ne parvint qu'à apercevoir la silhouette de la femme.

– Qu'est-ce qui se passe, papa ?

– Retourne-toi, on va aller prévenir les gendarmes.

– Il s'est tué, c'est pour ça que tu veux pas que je regarde ?

– Fais ce que je te dis !

Louis obéit à contrecœur. Clément se retourna à son tour, enserra les épaules de son fils et lui ordonna de marcher droit devant.

– T'es sûr qu'on peut plus rien faire ?

– Non, c'est trop tard.

– On aurait peut-être pu l'aider, tout à l'heure.

– Il nous menaçait avec son fusil. J'avais peur pour toi, et de toute façon, les hommes comme lui n'acceptent l'aide de personne.

Louis s'arrêta brusquement.

– Pourquoi il t'a traité de lâche ? De quelle vengeance il parlait ?

– Il n'a jamais accepté la mort de ses fils pendant la guerre. Tu sais, quand on souffre, on en vient à rendre tout le monde responsable de son propre malheur.

– Tu me dis tout, papa ?

– Allez, avance maintenant.

Cette époque fut aussi endeuillée par le décès de Maria. Elle suivit son mari de près. Tout le monde pensait qu'elle partirait avant Robert à cause de son cœur qui s'emballait sans raison et sans prévenir. Leurs existences étaient tellement liées l'une à l'autre qu'elle ne vit probablement pas l'utilité de résister au prochain emballement. D'ailleurs, elle ne résista pas. Elle rejoignit cet homme qu'elle n'avait pas choisi et qu'elle avait servi avec dévotion, finissant par concevoir son destin au travers de cette seule dévotion. On pourrait y trouver matière à tristesse, à compassion, et même à colère. Maria avait conçu son équilibre vital dans cette union, un rôle auquel la gamine de quinze ans n'avait même pas songé, avant qu'on ne lui présente ce jeune homme costaud, en apparence sûr de lui. Elle partit le cœur à bout de souffle, avec le sentiment d'avoir accompli son rôle du mieux possible, rien de plus, rien de moins. Une femme de son temps, incapable d'exprimer ses émotions, par manque d'apprentissage. Les émotions, elle les garda en elle tout au long de sa vie, jusqu'à ce que son corps ne puisse rien contenir d'autre que la mort.

Ils furent nombreux à l'accompagner jusqu'au cimetière des Herbiers par une belle journée printanière, autant de cœurs battants accordés aux pulsations de la lumière. Anna tint à partir la dernière. Marie voulut rester avec elle, mais un léger mouvement du bras suffit à la congédier tendrement. Une fois seule, elle se mit à parler à ses parents. Elle avait besoin d'enfin leur dire ce qu'elle n'avait jamais osé leur dire, le besoin aussi d'entendre ce qu'ils n'avaient jamais osé lui dire, que l'attachement qu'ils avaient l'un pour l'autre valait toutes les déclarations d'amour, et que ce lieu était gravé dans le marbre de leur tombeau. Puis elle leur dit au revoir. Elle alla ensuite saluer Louis, et quitta le cimetière, s'octroyant alors le temps de pleurer, seulement la durée du trajet qui la ramena aux Vieilles Granges.

Les deux étés qui suivirent furent terriblement chauds et secs. On eut beau empiler les mémoires, personne n'avait le souvenir de telles canicules. Le niveau de l'étang des Morelles baissa de deux mètres, cela ne se produirait jamais plus dans le futur, même avec le réchauffement climatique. Par chance, les sources qui alimentaient le puits dans la cour des Chénier ne tarirent jamais, ce qui ne fut pas le cas dans d'autres fermes. Les anciens parlèrent de mise en garde de la nature dont il faudrait tenir compte, et même parfois de Dieu qui faisait payer aux hommes leur orgueil démesuré, sans distinction. Les plus jeunes firent la sourde oreille et la pluie finit par tomber à nouveau.

Puis vint cette soirée de septembre 1947, à l'heure du souper. La température était douce aux Vieilles Granges. Il avait enfin plu la veille. Clément était parti à vélo acheter des blocs de sel à lécher à la coopérative agricole des Ormeaux. Marie et Anna préparaient le repas, étonnées qu'il ne soit pas encore revenu à cette heure. Elles pensèrent qu'il s'était arrêté boire un verre au bistrot. Louis faisait cuire la baccade des cochons dans un grand chaudron en fonte, près de la soue. Juliette était assise sur le banc de pierre. Des phalènes blanches virevoltaient autour d'elle, semblables à de minuscules esprits désorientés. Le chien tentait de les happer, lorsque l'une d'elles passait près de sa gueule, mais il n'y parvenait jamais. Louis apporta une pomme de terre à sa sœur. Elle fit passer le tubercule brûlant d'une main à l'autre. La gamine demanda à son frère de rester un moment avec elle. Il répondit qu'il la rejoindrait une fois qu'il aurait terminé son travail, qu'il dégusterait alors une patate avec elle.

Tout en retirant délicatement la peau, Juliette entendait le tchouc-tchouc du croc écrasant les légumes, dont le fumet excitait l'odorat des porcs massés contre l'auge encore vide. La même odeur qui montait de la pomme de terre fumante que la gamine pelait. Cette odeur aurait pu devenir celle de l'enfance. À cinq ans, il était encore temps de remplacer le cliquetis d'une arme par une odeur capable de figer un instant en bonheur éternel. Ç'aurait pu être ce genre d'instant, s'il n'y avait eu ce bruit de moteur, et cet éclair lointain qui assiégea la nuit.

Juliette entra prévenir sa mère et sa grand-mère. Une lueur balaya la façade de la maison. Un véhicule pénétra dans la cour. Le conducteur éteignit les phares et coupa le contact. Marie s'essuya les mains sur sa robe et avança jusqu'au seuil, suivie de Juliette et d'Anna. Malgré l'ampoule allumée au-dessus de l'entrée, il faisait trop sombre pour distinguer de qui il s'agissait et personne ne sortait de l'auto. Au bout d'une dizaine de secondes, la portière s'ouvrit enfin et quelqu'un descendit de la voiture. Le visiteur mit encore du temps à franchir les quelques mètres qui le séparaient de l'escalier, puis s'immobilisa, sa casquette dans les mains, observant la trinité féminine auréolée de lumière, comme s'il ne voulait pas être là, mais que des circonstances l'y avaient mené à son corps défendant. Marie reconnut Auguste Beyssac, fils et petit-fils de maquignons, avec qui les Chénier étaient en affaires.

Le boniment, ça le connaissait, Beyssac. Son père et son grand-père lui avaient appris le métier, et plutôt bien. Réputé dur en affaires, il s'y entendait en temps normal pour embobiner son interlocuteur, l'épuiser comme un poisson au bout d'une ligne. Mais en cet instant, il cherchait ses mots, car il ne s'agissait pas de parlementer pour faire baisser le prix d'une bête, encore moins d'atténuer un événement, de nourrir de faux espoirs qu'il ne se sentait pas en capacité d'assumer, parce qu'il ne s'agissait pas de jouer un jeu dont il connaissait les règles. Il ne s'agissait pas d'un jeu.

Beyssac fixait Marie. Ses doigts pétrissant sa casquette l'aidaient à ne pas la voir. Il dit que Clément avait été renversé par une voiture à la sortie du bourg des Herbiers. Beyssac passait par là, quand il avait vu une camionnette garée sur le bas-côté et un type qui lui faisait signe de s'arrêter. C'était Maurice Piale, un des plus importants éleveurs du canton. Il avait découvert le vélo au milieu de la route et Clément gisant dans le fossé, visiblement percuté par un véhicule. Beyssac s'était empressé d'aller chercher le médecin, mais ne l'avait trouvé nulle part. Il était revenu sur le lieu de l'accident. Les deux hommes avaient alors pensé que le mieux à faire était de conduire le blessé à l'hôpital, dans la bétaillère de Piale, allongé sur la paille, crut-il bon de préciser. Une fois que Beyssac eut terminé, Marie écarta machinalement un bras, et Juliette se faufila dessous. Elle ne montra aucune émotion. D'une voix claire, elle demanda si c'était grave. Beyssac arrêta de tripoter sa casquette et sa tête bascula d'un côté. Durant un moment, on aurait dit un organe encombrant, indépendant du reste de son corps, qui finit par reprendre sa place. Tous les efforts que le maquignon avait faits jusque-là pour ne pas voir Marie furent alors réduits à néant. Elle répéta la question. Il répondit qu'il ne savait pas, qu'il y avait beaucoup de sang, que Clément n'était pas conscient quand on l'avait chargé à l'arrière de la bétaillère, mais qu'il respirait. Elle demanda qui avait renversé son mari. Il ne savait pas non plus. S'il y avait un responsable, il avait pris la fuite, à moins qu'il ne se soit pas rendu compte du choc, mais c'était peu probable. Anna posa une main sur l'épaule de sa fille. Juliette n'avait pas l'air de comprendre ce qui se passait. Louis les avait rejoints, il avait tout entendu, les yeux rivés sur la masse sombre de la voiture au milieu de la cour, plus sombre que la nuit.

Beyssac proposa à Marie de la conduire à l'hôpital. Elle ne répondit rien. Elle s'accroupit, embrassa Juliette et lui dit qu'elle allait vite revenir. La gamine tenait toujours la pomme de terre froide dans sa main. Elle n'avait plus du tout faim. Elle sentait que quelque chose n'allait pas, que la pomme de terre serait à jamais imprégnée de ce sang qu'avait mentionné le maquignon. Marie jeta un coup d'œil à sa mère, entra chercher une veste et son sac à main. Louis voulut l'accompagner. Elle fit comme si elle n'avait pas entendu et monta dans la voiture.

Personne ne parla pendant l'heure et quart que dura le trajet. Marie regardait fixement la frontière délimitée par le halo des phares, la nuit sans cesse repoussée, le sentiment de refouler le malheur qui venait de surgir dans sa vie. La voiture passa par plusieurs villages, qui ne lui semblaient pas différents des forêts traversées. De même que les arbres, les maisons étaient des formes immobiles rendues à l'obscurité après le passage de la voiture. Une seule chose importait à ses yeux, que la lumière ne faiblisse pas. Qu'elle ne s'éteigne jamais.

Une fois arrivé à l'hôpital, Beyssac proposa à Marie de l'attendre. Elle dit que ce n'était pas la peine, qu'elle en avait certainement pour longtemps, que Clément aurait besoin de soins, qu'il faudrait peut-être même l'opérer. Il répondit qu'il attendrait quand même qu'elle donne des nouvelles, avant de repartir. Elle le remercia et rejoignit l'austère bâtiment aux larges fenêtres reflétant la lueur des réverbères.

Elle gravit les marches qui menaient à l'entrée principale. Elle en compta vingt, comme si cela était d'une importance capitale d'en connaître le nombre exact. Vingt marches se resserrant jusqu'à la lourde porte en bois ouvragé.

À l'accueil, on se renseigna pour savoir dans quel service Clément avait été admis, puis on lui indiqua un étage et le numéro d'une salle d'attente. Elle monta d'autres marches, sans les compter cette fois. Toute l'énergie qui l'avait maintenue debout jusqu'à présent s'évanouissait peu à peu. Elle s'affala sur une chaise, seule, dans une petite pièce mal éclairée. Un médecin se présenta une heure plus tard. D'un air détaché, il lui apprit que Clément n'avait pas survécu à ses blessures, qu'il était décédé avant d'arriver à l'hôpital. Il dit « décédé », pas « mort », ou même « crevé », pourtant, ç'aurait mieux convenu à ce qu'avait enduré Clément dans le fossé et à l'arrière d'une bétaillère. Il demanda à Marie si elle désirait voir *le corps* dès maintenant. On l'avait déjà transféré à la morgue. *Je veux voir Clément*, dit-elle sèchement. *Corps*, ça ne signifiait rien pour elle.

Une infirmière l'accompagna trois étages plus bas, au sous-sol, jusqu'à une salle dans laquelle se trouvait Clément, recouvert d'un drap blanc. La femme rabattit le drap au niveau du torse. Il n'avait aucune trace de blessure au visage. Il semblait dormir paisiblement. Marie ferma les yeux et la voix entendue lors de la messe de minuit enfla sous son crâne : *Ave Maria... Ave Marie... bénie entre toutes les femmes...* La colère prit le pas sur sa souffrance. Elle rouvrit ses yeux mouillés et proféra des insultes envers Dieu. L'infirmière posa ses mains sur les épaules de Marie pour la calmer. Elle la repoussa vivement. Elle ne voulait pas se calmer, elle voulait qu'on la laisse seule avec son mari, avec Clément, pas un corps, pas un cadavre. Avec Clément, encore. Avec Clément, toujours.

L'infirmière sortit de la morgue. Marie se pencha au-dessus du visage livide, presque beau. La douleur inonda son corps, prenant le pas sur la colère. Elle posa une main sur le rebord carrelé de la table, puis caressa le drap au niveau de la poitrine, dans laquelle plus rien ne battait. Elle ne pouvait détacher son regard des paupières fermées, concentrée, comme si elle avait le pouvoir de les faire se relever. Elle sentit un frémissement sous ses doigts et mit du temps à comprendre que c'était elle qui tremblait. Clément ne se réveillait pas, ne bougeait pas. Elle ne possédait pas le pouvoir de le ramener à la vie, elle n'en possédait aucun.

Les digues volèrent en éclats. Des larmes coulèrent et s'écrasèrent sur la figure éteinte. Clément se transforma alors en corps, et son corps en cadavre. Les gouttes, piégées dans la moustache, ressemblaient à des perles de rosée sur des brins d'herbe sèche. La colère revint, plus vive qu'avant. De rage, elle dégrafa le col de sa robe, arracha sa chaîne de baptême ornée d'une croix et la jeta par terre. Marie ne pleurait plus. Ses yeux la brûlaient. Elle ne pensait pas à celui qui avait fauché son mari sur le bord d'une route, elle pensait de nouveau à Dieu qui avait permis cela. Rien ne pouvait justifier qu'un tel drame pût être écrit à l'avance dans le grand livre de l'univers. Elle aurait voulu mourir, s'effondrer sur le corps de son homme, avec la même violence que son père s'écrasant au sol après avoir chuté du toit de la grange, et puis se fondre dans la mort, dans leur mort, ne plus souffrir, ne plus subir l'intolérable douleur qu'on lui infligeait de nouveau.

Ce jour-là, quelque chose mourut en effet en elle. Ce n'était pas un fœtus, ni même l'espoir. Ce qui mourut, c'était le désir d'être au monde.

La voiture de Beyssac était toujours garée devant l'hôpital. Il dormait à l'intérieur. Il avait patienté toute la nuit, et un sommeil agité avait fini par le gagner au petit matin. Marie le réveilla en frappant à la vitre. Elle lui demanda s'il pouvait la ramener aux Vieilles Granges. Elle voulait préparer la chambre avant qu'on ne ramène le corps. Pas Clément, le corps. Elle monta à bord. Avant de démarrer, Beyssac lui présenta ses condoléances et ajouta que ce n'était pas juste. Marie dit qu'il était temps de partir, fixant le pare-brise et les façades blêmes des maisons au travers de la vitre poussiéreuse.

Elle voulut qu'il la dépose à l'embranchement, afin qu'on n'entende pas la voiture depuis la maison. Elle voulait marcher un peu avant d'affronter ce qui allait suivre. Beyssac lui souhaita beaucoup de courage. Elle le remercia une nouvelle fois. Le bruit du moteur s'estompa peu à peu et il n'y eut plus que la nature, un foisonnement de vie autour de la messagère de la mort.

Louis buvait un bol de lait. Anna s'apprêtait à couper une tranche de pain. Juliette n'était pas dans la pièce. D'une voix monocorde, Marie annonça sans détour la terrible nouvelle. Le pain tomba sur la table. Anna se prit la tête dans les mains, le manche du couteau contre sa tempe droite. « MonDieuMonDieuMonDieu… », répétait-elle. Sur le moment, Louis ne laissa rien paraître. Il racla le fond de son lait à l'aide de sa cuillère, but et reposa le bol sur la table, fixant sa mère d'un regard dur, comme s'il la jugeait responsable de la mort de son père. Les traces de part et d'autre de sa bouche dessinaient un sourire démoniaque. Marie demanda si Juliette dormait encore. Anna s'arrêta de psalmodier et dit qu'elle jouait dans la cour avec le chien. Marie n'avait pas vu sa fille en arrivant. Elle commanda à Louis d'aller la chercher. Il se leva sans discuter. Lorsqu'il ouvrit la porte, le soleil enflamma les contours de sa silhouette. Marie prit conscience qu'il allait enterrer son enfance avec la dépouille de son père, que respirer lui demanderait plus d'efforts qu'auparavant, et aussi, qu'il ne devrait pas montrer la moindre faiblesse, jamais, que ce serait son plus terrible héritage.

Louis appela sa sœur. Elle n'était pas dans la cour, ni dans l'étable, pas plus dans la grange, et elle ne répondait pas aux appels. Il se dirigea vers le bosquet de châtaigniers où elle aimait cueillir des fleurs et s'inventer des histoires de fillette. Il la trouva assise sur un rocher près d'un buisson de genêts à balais. Une infinie tristesse se lisait dans ses grands yeux. Pourtant, elle n'avait rien entendu. Louis s'assit près d'elle et passa un bras autour de son cou. Juliette bascula sa tête contre l'épaule de son frère, et son petit corps fut pris de soubresauts. Il ne lui annonça pas ouvertement la nouvelle, ce n'était pas à lui de le faire. Il lui semblait qu'elle avait déjà tout compris. Et pourtant, elle n'avait rien entendu. Il avait besoin de parler, alors, il dit à sa sœur de pleurer, car lui n'en avait pas le droit, il ajouta que ça irait, qu'ils se débrouilleraient. Elle éclata en sanglots, pourtant elle n'avait rien entendu. Louis ne savait comment réagir, que faire de la douleur de sa sœur. Il lui demanda de le suivre, mais les petites jambes de Juliette étaient incapables de supporter son poids. Il la prit dans ses bras et se dirigea vers la maison. Il sentait de la morve et des larmes couler sur son cou. Une fois à l'intérieur, elle agrippa encore plus fort son frère. Elle ne voulait pas voir sa mère, ni entendre ce qu'elle savait déjà, alors qu'elle n'avait rien entendu. Ce qu'elle savait à l'arrivée de Beyssac la veille au soir. Le mot « sang », prononcé par le maquignon, n'avait cessé d'étaler sa flaque durant toute la nuit.

Ton papa est parti dans les nuages. Les paroles de sa mère n'avaient aucune signification. Ça ne voulait rien dire, *être dans les nuages*, sinon avoir la tête ailleurs. *Il te regarde de là-haut.* La gamine s'en moquait, qu'il la regarde, surtout depuis un endroit qu'elle ne pouvait atteindre. Elle voulait qu'il tienne sa main sur la terre ferme, entendre le son de sa voix, pas qu'il la regarde du ciel. Et sa grand-mère, désemparée, qui égrenait des chapelets de *Mon Dieu* en fixant ses pieds. Juliette aurait voulu qu'on la laisse retourner sur son rocher, alors qu'elle n'avait encore rien entendu. *Ton papa est parti dans les nuages.* Ce père lui faisait donc faux bond, un bond suffisamment haut pour s'en aller se pinquer sur un nuage et n'en plus bouger, au dire de sa mère. Que faire, alors ? Sauter aussi haut que lui pour le rejoindre ? Mais par quel moyen ? Faudrait-il attendre d'être adulte pour faire ce genre de saut ? Et encore, peut-être que tout le monde n'en était pas capable. Son père n'était pas comme tout le monde. En cet instant, elle aurait tout donné pour qu'il soit le plus ordinaire des papas, un papa incapable de faire ce bond qui les privait l'un de l'autre. Il la laissait donc tomber. Elle avait si peu d'importance à ses yeux. Il ne serait plus là pour veiller sur elle et l'accompagner le temps qu'il aurait dû. C'était pourtant ça, son rôle. Mais non, il ne l'aurait jamais laissé tomber. Il l'aimait plus que tout. Une gamine de cinq ans sent ces choses-là, ces choses intangibles qui passent d'un cœur à l'autre. *Ton papa est parti dans les nuages.* Elle emmagasina l'information pour le restant de sa vie. Elle ne regarderait plus jamais un nuage de la même manière, y chercherait la forme aimée, l'inventant au besoin, même par temps clair.

Marie arracha sa fille des bras de Louis, la serra contre elle, non pour la consoler, mais parce qu'elle avait besoin de ce contact pour ne pas craquer. Anna en avait terminé avec ses *Mon Dieu.* Louis fixait le bout de la table, cette place qu'il allait devoir occuper par la force du destin. Ils se retrouvèrent tous dans un grand silence, un de ces silences sur lesquels s'empale la douleur des hommes.

Nous sommes capables de cartographier le génome humain, d'identifier les anomalies, mais nous ne sommes pas en mesure d'évaluer quelle part du vécu de nos aïeuls nous imprègne réellement, ce bruit de fond dans nos cellules qui rôde comme un fantôme. Qu'est-ce qui se perd et se conserve dans le grand délayage héréditaire ? Qu'est-ce qui s'endort ? Qu'est-ce qui disparaît à jamais ?

Nul doute que la mort de Clément résonna considérablement dans la vie de Marie, Juliette, Louis et Anna, ainsi que dans la vie de celles et ceux qu'elle toucha de près. Il est tout aussi certain que chaque descendant en portera la trace, une trace indélébile.

Les jours qui suivirent la mort de Clément furent sans contours. La famille semblait avoir volé en éclats, s'être éparpillée aux quatre coins de la peine de chacun.

Marie veillait imperturbablement le corps, de jour et de nuit, à la lueur de bougies renouvelées avant même qu'elles ne s'éteignent. Lorsque sa mère lui proposait de la relayer, elle répondait que c'était son devoir d'être là, de recevoir les visiteurs, tantôt silencieux, tantôt bavards, puis de demeurer seule, assise dans cette chambre, contre ce lit où ils s'étaient aimés, avaient conçu leur fille et l'idée d'un bonheur désormais hors de portée. Parfois, elle s'agenouillait, posait ses coudes sur le matelas, serrait les poings, refoulant le sang de ses phalanges pour l'envoyer en quelque endroit secret, un sanctuaire inviolable au cœur d'un labyrinthe dont elle seule connaissait le chemin.

Les parents de Clément étaient eux aussi ravagés par le chagrin, tout comme Aimé et Gustave. Ce n'était pas dans l'ordre des choses de survivre à un fils. Ils ne s'en remettraient jamais. Suzanne ne put faire face au deuil. Elle vint une seule fois aux Vieilles Granges avec son mari, lors de la mise en bière. Elle prit le cercueil dans ses bras et l'embrassa en criant le prénom de son enfant mort. Lorsque les larmes emplirent sa bouche et qu'elle n'eut plus de voix, Antoine la raccompagna dehors. Ils demeurèrent dans la cour, serrés l'un contre l'autre, indifférents aux visiteurs qui les saluaient. Ils mirent longtemps à trouver le chemin des Grillères, comme s'ils ne voulaient pas y retourner, pas même y vivre désormais, comme s'il n'y avait plus aucun lieu sur terre où vivre.

Durant la veillée mortuaire, Louis usa de tous les moyens pour fuir la maison. Il soignait les animaux, réparait le matériel, trouvait de l'occupation ailleurs, n'importe quoi, pourvu qu'il soit loin de la dépouille. Il ne voulait parler à personne. Sa sœur tenta de le rejoindre une fois près du bassin. Il la renvoya si vertement qu'elle partit en pleurant et ne recommença pas.

Anna mobilisait toute son énergie pour essayer d'adoucir la douleur des autres, quitte à s'épuiser. Elle s'occupait beaucoup de sa petite-fille, la préservant au mieux du deuil. Elle surprit une fois la gamine devant la porte entrebâillée de la chambre dans laquelle reposait le cadavre. Elle la referma aussitôt. La fillette ne dit rien, ne posa pas la moindre question à sa grand-mère, et pourtant, son regard n'était qu'incompréhension et souffrance. Elle revint souvent fixer la porte close du haut de ses cinq ans, un âge auquel on ne peut appréhender la mort comme un phénomène définitif, irrévocable, mais l'absence et la disparition, sûrement. À l'avenir, Juliette ne supporterait plus les portes fermées par peur qu'un cadavre se trouve derrière. Elle préférerait se faire disputer par sa mère plutôt que de lui avouer sa grande peur. Cette porte entrebâillée, puis refermée pour ravir à sa vue la dépouille de son père, se ficherait dans sa chair en construction. Endurcie elle aussi, quand surviendrait le malheur.

Juliette n'avait pas assez connu son père pour en avoir construit une figure inaltérable. Elle se souviendrait avec exactitude de sa voix, de son sourire, quand il accompagnait son sommeil d'une douce comptine. Ce que sa mémoire sensorielle parviendrait à sauver et qu'elle ramènerait à la surface tout au long de sa vie. Les autres souvenirs, elle se les fabriquerait, avec les témoignages pudiques de sa mère, de son frère, de sa grand-mère, de tous ceux qui l'avaient connu. Elle n'entendrait jamais personne dire du mal de lui. Il est vrai qu'on affuble aisément les morts de vertus dont ils n'étaient guère pourvus de leur vivant. En ce qui concernait Clément, nul ne se forcerait à lui en inventer.

Qu'en ferait Juliette, de ces souvenirs ? La nuit venue, est-ce qu'une image souriante se dresserait dans ses rêves ? Est-ce qu'une voix s'échapperait de cette bouche qui se plaisait tant à embrasser ses joues ? Personne ne le saurait. Cela lui appartiendrait. Il y a des souvenirs qu'on ne partage pas.

Au retour de l'enterrement, Marie se planta devant la cage aux oiseaux. Il y avait là cette jeune corneille tombée du nid que Clément allait bientôt relâcher. Elle gisait sur la tôle publicitaire gravée au nom d'une marque célèbre de quinquina. Ses grandes ailes noires ne lui servaient à rien dans aussi peu d'espace. Marie ouvrit la porte grillagée et attrapa l'oiseau pétrifié. Elle lui dit qu'il était temps de prendre son envol, de se débrouiller seul maintenant que son sauveur avait quitté ce monde. Elle avança au milieu de la cour et jeta la corneille dans les airs. D'instinct, elle battit des ailes. Elle qui n'avait encore jamais expérimenté leur mouvement rasa la cime des châtaigniers du bosquet, disparut et réapparut quelques secondes plus tard. Elle survola la cour en planant comme un cerf-volant ballotté par la brise d'altitude, avant de se poser sur le faîtage de la grange, à l'angle du pignon sud. Marie ne quittait pas la corneille des yeux, qui replia ses ailes, demeurant immobile, semblable à une girouette au mécanisme grippé, dirigée ostensiblement vers celle qui venait de lui offrir la liberté, cette femme qu'elle ne savait comment remercier autrement qu'en lui offrant à son tour sa sombre présence et sa profonde indifférence. Marie entra dans la maison où l'attendait une famille aux ailes brisées, que ni le temps ni les soins ne parviendraient à réparer complètement.

Les jours qui suivirent, elle se mura dans le silence, travaillant sans relâche, jusqu'à l'épuisement. Le corps suivait la cadence, mais le cœur n'était plus dans le rythme. Il ne le fut plus jamais.

Un soir très tard, les enfants étaient couchés, Anna avait invité sa fille à boire une tisane chez elle. Elles étaient assises l'une en face de l'autre et la vapeur s'échappant des bols ressemblait à deux serpents obéissant au même charme.

– J'ai quelque chose d'important à te dire, ma fille.

– Elle ne peut pas attendre, cette chose ?

– Non. C'est au sujet de Juliette…

– Tu vas me dire que je devrais m'en occuper plus. T'inquiète pas, je vais me reprendre. Il me faut juste encore un peu de temps.

– C'est pas ça. Quand ta fille sera grande, il ne faudra pas qu'elle reste ici, aux Vieilles Granges, je veux dire.

– Qu'est-ce que tu racontes ?

– Il faudra lui donner les moyens de faire un autre métier que paysanne, pour qu'elle s'en aille vivre ailleurs.

Anna baissa les yeux, comme on baisse le rideau sur une sentence irrévocable.

– Je ne comprends pas.

– Ici, les hommes qu'on prend, ils sont maudits.

– Tu es en train de me dire que Clément est mort parce

qu'il est venu vivre ici, que c'est à cause de moi qu'il est mort.

– Jamais de la vie. Tu n'y pouvais rien.

– Et pour papa, tu te sens responsable ?

Anna posa un regard froid sur sa fille.

– On ne peut pas connaître une histoire tant que le destin ne l'a pas racontée. Il est temps aujourd'hui d'interpréter les signes, tu crois pas ?

– Ce ne sont que des superstitions.

– Appelle ça comme tu veux, mais tu serais prête à prendre le risque pour ta propre fille ?

Marie prit un temps avant de répondre :

– Sans doute que non.

D'un mouvement de tête, Marie désigna le crucifix accroché au-dessus de la porte.

– Tu crois toujours en Lui ?

– Qu'est-ce qui nous resterait à nous autres, pauvres femmes, si on n'y croyait plus ?

– Je ne sais pas. Peut-être bien rien.

– Il faut continuer à croire, alors.

– Je n'en serai plus jamais capable.

– Quand ton père est mort, j'aurais eu toutes les raisons de Le laisser tomber, comme tu es tentée de le faire maintenant. J'ai pourtant continué d'aller à la messe, par habitude, mais c'est pas là-bas que je L'ai retrouvé.

– C'est où que tu l'as retrouvé, alors ?

– Dans les yeux verts de Juliette, dans le rire de Louis, dans le blé mûr, dans le grand chêne au fond du coudert, dans l'odeur de la terre retournée et des foins coupés… et aussi, quand le doute me vient malgré tout, je te regarde, toi, et je retrouve la foi.

La voix d'Anna s'étrangla.

– Je ne suis pas aussi forte que toi, maman.

– Ne dis pas de bêtises, il n'y a pas plus forte que toi. Je vais te donner un conseil. Dans tout ce qui nous arrive, il ne faut pas se demander pourquoi c'est arrivé, ça ne sert qu'à s'apitoyer sur son sort, jusqu'à s'en rendre malade. Il faut continuer pour ceux qu'on aime, coûte que coûte.

– Je peux juste te promettre d'essayer...

– Non, ma fille, tu ne vas pas seulement essayer. Juliette et Louis ont besoin de leur mère. Tu vas continuer d'être celle que tu es pour ceux que tu aimes et qui t'aiment. La vie, ce n'est pas autre chose. Il ne faut pas attendre de miracle de... Lui. Les miracles, ils sont partout. Il faut juste voir les signes, et ne pas aller contre.

– Pour Clément, on n'a pas su voir à temps.

– Ce qu'on voit trop tard permet de mieux voir après, c'est ce qu'il faut se dire, même si le prix à payer est considérable. N'oublie jamais ça !

– Et Louis, alors ?

– Quoi, Louis ?

– Il est maudit, lui aussi ?

– Louis ne risque rien. Quand il se mariera, c'est son épouse qui viendra vivre ici.

– Tu es bien sûre de toi.

– Fais confiance à une vieille femme.

– Tu n'es pas une vieille femme.

– Si, mais j'ai pas oublié. Ce qu'un homme ne pourrait pas assumer, nous autres les femmes, on doit l'assumer, aussi par notre clairvoyance. Nos enfants, ils nous traversent suffisamment longtemps pour qu'il reste quelque chose d'accroché dans notre ventre quand ils en sortent. Je suis certaine que tu sais de quoi je parle. Ce quelque chose, c'est comme une relique sacrée, quelque chose de plus important que les malheurs qui nous tombent dessus. Tu comprends ?

– Aujourd'hui, je ne suis pas sûre d'avoir envie de comprendre.

– Demain, alors. Il le faudra.

Malgré les paroles de sa mère, Marie était une plaie à vif, une plaie suppurante de chagrin, de déni, de culpabilité et de colère. Elle ne pouvait s'empêcher de se demander pourquoi Clément était mort si brutalement. Elle en voulait à la terre entière. Elle en voulait à mort au chauffard qui avait percuté Clément et l'avait laissé crever dans le fossé, comme un chien. Elle s'en voulait à elle aussi d'avoir retenu Clément pour réparer le moulin à café. S'il était parti plus tôt, il n'aurait probablement jamais croisé la route du meurtrier.

Elle n'acceptait pas la mort de Clément, ne l'accepterait jamais. Elle buvait dans son verre, mangeait dans son assiette, avec ses couverts, posait ses lèvres sur toutes les surfaces où il avait posé les siennes. Elle s'infligeait cela pour se sentir moins seule, terriblement moins seule. Ces rituels grâce auxquels elle convoquait le fantôme de Clément la sauvèrent probablement du désespoir. Elle qui ne croyait ni aux fantômes ni aux esprits se mit à lui parler dans sa tête, à déchiffrer ses silences, à s'abandonner au vide dans lequel il flottait. Elle se raccrocha à ses enfants, à sa mère, maintenant que l'épouse avait perdu sa grande flamme, sa flamme sœur.

En réaction, elle se mit à développer un eczéma, sur les bras, les jambes. Les démangeaisons étaient obsédantes. Elle se grattait jusqu'au sang, jusqu'à ce que la brûlure prenne momentanément le pouvoir sur son chagrin. Les plaques sur sa peau ressemblaient à des cartes éparpillées sur un bureau, indiquant toutes la route maudite du chagrin. Durant la journée, elle emmaillotait ses blessures avec des bandages afin de ne pas tacher ses vêtements. Elle consulta des médecins et toutes sortes de guérisseurs. Aucun ne trouva le remède au mal qui la rongeait. Il n'y avait pas de solution médicale, et pour le reste, son esprit n'était pas disposé à la laisser en paix.

Anna ne savait que faire pour soulager sa fille. Elle n'était plus assez forte pour la porter sur son dos. Et puis, il y avait ces crampes d'estomac qui revenaient, lui coupant parfois la respiration. Si elle l'avait pu, elle aurait pris toute la douleur de Marie, quitte à n'être plus que souffrance, quitte à mourir plus vite. Elle connaissait la trajectoire du deuil, de son propre deuil. Elle avait perdu son mari au retour de la guerre, mais ce n'était pas la même chose, cela n'avait pas été aussi brutal. Elle avait eu le temps d'envisager maintes fois sa mort au front, et même plus tard, quand elle le regardait, impuissante, rompre une à une les amarres qui le rattachaient à la vie. Elle s'y était habituée, l'avait inconsciemment accepté, elle avait même compris son désir d'en finir. À présent, elle se sentait coupable d'avoir instillé le germe de sa propre tragédie dans les veines de sa fille. Elle avait le sentiment d'avoir reconduit un destin inacceptable, injuste, pire encore que le sien. Louis était mort des suites de la guerre. Clément n'avait pas eu à en subir directement l'horreur, pourtant il avait perdu la vie deux ans après la fin de la guerre, tout comme son beau-père. Anna en avait déduit qu'une malédiction pesait sur les hommes qu'elle et Marie avaient épousés. Elle espérait au moins avoir convaincu sa fille d'en parler en temps voulu à Juliette, afin que la petite n'ait jamais à fleurir prématurément la tombe d'un époux. Si Marie ne croyait plus en Dieu, Anna savait que nul ne doit tenter inconsidérément le diable. Elle se devait de mettre en garde sa fille.

Dans les premiers temps qui suivirent la mort de Clément, et bien qu'elle eût perdu la foi, Marie continua d'accompagner sa mère à la messe tous les dimanches. Pendant l'office, elle se levait du banc en avance et s'asseyait en retard, non par provocation, mais pour tenter de débusquer une ombre fuyante dans le chœur, le souffle d'une voix parmi toutes les autres.

Le curé ne lui était d'aucun secours. Ses prêches dédouanaient son Dieu de toute responsabilité. Il continuait de glorifier les martyrs, tous porteurs d'une parcelle de rédemption, tous possesseurs d'une obole destinée au rachat des souffrances du Christ. Selon lui, la grande mission des innocents, la seule qui leur incombait. Souffrir sur terre pour gagner le paradis. *Foutaises*. Les pages cornées de sa bible permettaient au curé d'avoir réponse à tout. Marie se souvenait du Sermon sur la montagne, qui promet le Royaume des cieux à ceux qui placent leur confiance en l'Esprit-Saint, à condition qu'ils renoncent d'abord au bonheur terrestre. Jamais elle n'avait souhaité renoncer au bonheur terrestre, elle, et voilà qu'un dieu de misère venait de faucher la vie d'un innocent. Ce genre de discours devint insupportable à la jeune femme, et comme il ne se passait rien de nature à apaiser sa douleur, elle finit par ne plus se rendre à l'église. Si elle avait continué à le faire, elle aurait succombé à la tentation de cracher au visage de l'homme qui tendait les hosties, ne voyant plus en lui que le représentant d'un assassin. Sa mère ne réclama aucune explication. Marie n'entrerait plus en ce lieu où tout avait commencé, un lieu où s'était incarné le plus grand des bonheurs que puissent vivre des humains, un lieu dans lequel, désormais, elle savait ne plus jamais entendre monter la voix d'un ange.

L'enquête diligentée pour déterminer les causes exactes de la mort de Clément conclut qu'un choc violent avec une voiture en était la cause. Les gendarmes des Ormeaux qui s'étaient rendus sur place ne trouvèrent aucune trace de freinage, ni le moindre bris de verre. À l'évidence, le chauffeur avait continué sa route comme si de rien n'était. Les moyens d'investigation de l'époque étaient moins performants qu'aujourd'hui.

Dans les premiers temps, alors toute à son chagrin, Marie avait délaissé la recherche du coupable. Désormais, elle aurait remué ciel et terre pour retrouver le chauffard. Plusieurs fois par semaine, les gendarmes voyaient arriver cette petite femme triste, qui leur demandait où en était l'enquête. Ils répondaient invariablement qu'aucun élément nouveau de nature à la faire progresser n'était apparu, qu'ils étaient désolés. Elle marquait alors un temps, fixant ses interlocuteurs compatissants et impuissants de ses grands yeux vides. Elle les remerciait, puis s'en allait dans sa robe de coton gris, parce que le noir, elle n'en voulait pas. Elle ne se vêtirait jamais de noir. Porter le deuil, ç'aurait été faire allégeance à cette religion qu'elle avait bannie de son esprit. Elle s'en allait donc, à petits pas, les mâchoires serrées, résistant à l'envie de s'asseoir sur le muret longeant la douve du château où une marquise avait vécu au XVIIIe siècle, résistant à l'envie de retirer ses bas, de dérouler les bandages, de révéler ses plaies sanguinolentes et de tendre la main pour mendier la justice.

Au fil du temps, l'espoir qu'elle avait nourri se retira peu à peu en haute mer, et elle finit par ne plus se rendre à la gendarmerie. L'histoire en resterait donc là !

Et en effet, l'histoire en resta là, jusqu'au jour où un commis de ferme se présenta à la gendarmerie des Ormeaux. Il avait lu un article dans le journal relatant l'accident mortel dont avait été victime un paysan sur la commune des Herbiers. Il ne s'était pas manifesté sur le moment, il ne voulait pas d'ennuis. Mais les remords avaient tellement travaillé sa conscience qu'il s'était résolu à venir témoigner, deux mois après le drame.

Le fameux soir, il rentrait à pied, après avoir bu quelques verres de vin au bistrot de la mère Bialot situé à la sortie des Herbiers, quand un bolide avait manqué le faucher sur le bas-côté, à moins d'un kilomètre du lieu de l'accident. Il avait tout juste eu le temps de faire une embardée pour éviter le choc. Le soir tombait, mais il ne faisait pas encore nuit. Même passablement éméché, il avait reconnu le modèle, une Citroën Traction Avant noire, et retenu les lettres de la plaque minéralogique. Il n'avait pas eu à faire d'efforts, c'étaient les initiales de sa mère, MP, Marguerite Pradeau. L'indicatif était celui du département.

Les gendarmes reprirent l'enquête à l'aune des révélations du commis. À cette époque, les automobiles n'étaient pas si nombreuses dans la région. Ils recensèrent les Tractions et ne mirent pas longtemps à retrouver le propriétaire du véhicule, grâce à la plaque minéralogique. L'homme était un notable des Ormeaux.

Lors de la visite des gendarmes, Marcelin Gaudel demeura très calme à l'énoncé du déroulement des événements. L'homme ne se démonta pas, il alluma une cigarette, puis hocha la tête en soufflant une longue bouffée de fumée, avant de parler à son tour. Il affirma que ce soir-là, il circulait en effet à bord de sa voiture, qu'il était en retard à un rendez-vous important, il insista sur « important ». Il s'avéra plus tard que le rendez-vous *important* habitait aux Herbiers, avait de longs cheveux blonds, une taille fine et de longues jambes que Gaudel caressait chaque jeudi soir, avant de retrouver femme et enfants au moment du dîner. Pour l'heure, il se souvenait que l'ombre des arbres bordant la route accentuait la pénombre. Il n'avait pas remarqué de piéton, ni vu de cycliste, et encore moins senti de choc. Il se dit surpris. Il devait y avoir erreur. Ce n'était pas lui le responsable de l'accident. Il s'en serait rendu compte. Le témoin repartait du bistrot, avaient précisé les gendarmes. Il avait dû se tromper en lisant la plaque. Que valait la parole d'un poivrot ? Gaudel n'était pas seul à posséder une voiture de ce genre. Les gendarmes demandèrent à voir la Traction. Ils l'inspectèrent avec minutie. La carrosserie étincelait, comme si la voiture sortait juste de l'usine, et il n'y avait aucune marque d'impact sur le pare-chocs avant. En deux mois, l'homme aurait eu tout le temps d'effacer les traces du choc. Malgré leurs doutes, les gendarmes ne purent l'inculper sur la seule base du témoignage d'un journalier aviné. Le notable avait des relations, lui. Pendant la guerre, il avait fricoté avec les Allemands, fait des affaires avec eux, en douce. Il s'était enrichi sous l'Occupation. Rusé, dépourvu de scrupules, il avait su naviguer en eaux troubles. Il avait pris soin de ménager ses arrières, finançant la Résistance, presque rien par rapport à ce qu'il avait retiré de sa collaboration avec l'ennemi. À la Libération, il affirma que sa supposée collusion avec les Boches n'était qu'une couverture nécessaire à endormir leur méfiance. Ses relations entretenues dans les deux camps lui permirent de se retrouver forcément du bon bord lorsque la roue tourna en faveur des Alliés. Nombre d'habitants de la région n'étaient pas dupes, mais un riche notable, pensez, il valait mieux l'avoir de son côté, ça pouvait être utile, en tout cas plus qu'un commis de ferme.

Marie fut informée de la réouverture de l'enquête, vite étouffée par manque de preuves. Elle était persuadée que Gaudel était le coupable. Elle enrageait de le savoir en liberté. Elle bouillonnait de haine à l'idée que le meurtrier de son mari poursuivait son existence de nanti entouré de sa famille au grand complet. La mort de Clément n'avait rien changé pour lui. Marie ne toucha évidemment pas un sou de dédommagement et elle n'était pas assez riche pour s'offrir les services d'un avocat. Savoir le notable évoluant en toute impunité lui était insupportable, et le temps n'atténua jamais la haine qui pourrissait dans son ventre.

Les gendarmes rapportèrent aux Vieilles Granges le vélo de Clément, qu'ils avaient réquisitionné le temps de l'enquête. Marie avait souhaité le récupérer. Elle congédia Louis qui s'était approché à l'arrivée du véhicule et demanda à sa mère de s'occuper de Juliette à l'intérieur. Elle indiqua ensuite aux gendarmes la resserre à bois où déposer le vélo, ou plutôt ce qu'il en restait. Ils ne s'attardèrent pas, toujours aussi impressionnés par la force de caractère de cette femme qu'ils avaient si souvent reçue aux Ormeaux. La gêne et l'impuissance se lisaient dans leurs yeux. Marie ne leur en voulait pas. Voyant disparaître la Simca, elle réalisa que tout était fini, que justice ne serait jamais rendue.

Une fois seule, elle rejoignit la resserre à bois. L'état du vélo attestait de la violence de l'impact. La roue avant était voilée, le guidon et le cadre tordus. Une étiquette accrochée à un rayon mentionnait le nom et le prénom de son mari écrits en lettres majuscules, ainsi que la date du drame. Elle se mit à caresser les poignées en caoutchouc usé que tenait Clément avant d'être percuté. Elle remarqua alors seulement des taches sombres sur le métal, de petites taches couleur de rouille. Elle ressentit des picotements dans les jambes et de minuscules sphères lumineuses pigmentèrent son regard. Elle perdit l'équilibre, se rattrapa au mur et s'assit sur le billot que Clément utilisait pour fendre les bûches d'un seul coup d'un seul. Elle plaqua ses mains sur ses cuisses et attendit que sa vue soit moins troublée. Ses yeux n'avaient pas changé d'axe, toujours rivés aux macules brunâtres. Du bout de l'index, elle se mit à en gratter une, et la fine couche de sang séché s'incrusta sous l'ongle. Elle attrapa ensuite les ciseaux de couturière et la pochette d'aiguilles qui ne la quittaient jamais, retira les aiguilles et les piqua une à une dans le tissu de sa robe, à la naissance du sein gauche. Elle cura son ongle de la pointe des ciseaux et l'essuya à l'intérieur de la pochette. Elle entreprit de frotter l'ensemble des taches visibles. Quand elle eut terminé, elle referma la pochette contenant la poudre de sang et se mit à parler d'une voix douce. À parler à la poudre. À parler au sang. À parler à Clément :

Voilà, comme ça, maintenant, tu seras toujours avec moi. Tu pourras continuer à veiller sur nous, à chanter un air de temps en temps. Et puis, si tu as des choses à dire, des conseils à donner, j'entendrai aussi. Je t'entendrai... C'est dur depuis que tu es parti, trop dur, pourtant, je te jure de faire ce qu'il faut pour que nos enfants aient la meilleure éducation possible et qu'ils ne manquent de rien. Enfin, rien de ce qu'on peut gagner en travaillant. Parce que pour le reste, tu vas leur manquer, à nos petits. Moi, j'aurai beau faire, je ne serai jamais en mesure de combler ce manque-là. Je ne sais pas qui des deux s'en sortira le mieux, Juliette est tellement sensible, et Louis ne veut rien montrer de sa peine, il garde tout à l'intérieur. On va devoir s'organiser différemment, j'en ai pas encore parlé à maman. Émile a dit qu'on pouvait compter sur lui, mais il vieillit, et sa ferme demande du travail. Tes frères se sont proposés. C'est bien gentil de leur part, mais ils te ressemblent trop. Je ne supporterais pas de les voir. À l'avenir, il faudra bien trouver une solution, tant que Louis ne sera pas prêt. Rassure-toi, je n'ai pas l'intention de me remarier juste pour avoir les bras d'un homme à la maison. Personne ne te remplacera, personne ne pourrait te remplacer, c'est une certitude, la seule que j'aie aujourd'hui. Personne d'autre ne me touchera non plus, tu peux dormir tranquille, où que tu sois. Tu étais le meilleur des maris, le meilleur dont une femme puisse rêver. Il va falloir que je fasse rien qu'avec les rêves de toi, maintenant que mes yeux ne pourront plus te regarder et que mes mains ne pourront plus te toucher dans le noir. Tu me manques, Clément, bon sang ce que tu me manques, ce que tu vas me manquer. Bon sang de bon sang, ce que tu vas me manquer. Je ne ferai rien contre ce manque, au contraire, même. Je veux que tu me manques toujours, et ce n'est pas pour m'infliger une pénitence, c'est pour ne jamais oublier tout ce bonheur que j'avais d'être à tes côtés... Satanée vie ! Il faut perdre ce qu'on aime pour l'aimer encore davantage, si c'est possible. Je ferai en sorte que le manque dure jusqu'à ce que je te rejoigne. Je t'en fais le serment, mon homme à la voix d'ange. Je te le jure.

Marie glissa les aiguilles et les ciseaux dans une poche de sa robe et regarda la porte ouverte de l'étable de l'autre côté de la cour. Elle entendit les vaches affamées cogner leurs chaînes dans les cornadis, leurs sabots piétiner la pierre. Elle vit des hirondelles entrer et sortir en criant, les grappes de glycine cascader sur le mur de la grange. Elle sentit l'odeur de la pluie tombée durant la nuit, celle de l'humus annonçant la poussée des premiers champignons dans le bosquet de châtaigniers. Elle bascula la tête en arrière pour ravaler ses larmes et aperçut au loin un grand vol de palombes se déployant dans le ciel comme un filet de pêche jeté dans une eau calme. Autant de manifestations de ce qui n'avait pas changé, alors que tout était changé.

Clément apparaissait aux Vieilles Granges sans même s'annoncer. Il visitait les lieux selon son bon vouloir. Il était après tout chez lui. On le voyait surgir de l'obscurité par la trappe des rêves de chacun. On entendait le bruit de ses pas dans le grenier. On percevait sa voix mêlée à celle des oiseaux. On se surprenait à lui parler. Il ne répondait jamais. On s'en forgeait une image, qu'on laisserait se figer, jusqu'à la rendre inaltérable.

Marie fit imprimer une photographie de lui sur une plaque funéraire. Il était tout sourire. Elle, elle n'avait pas besoin de la contempler en se recueillant. La petite Juliette pourrait ainsi mettre un visage sur ce père qu'elle avait si peu connu, encore moins que Marie avait connu le sien. Au fil des années, la plaque se fissurerait par le milieu, semblable à une page déchirée, mais personne ne la retirerait. Clément continuerait de sourire à ses proches, aux voisins, aux inconnus, et même aux animaux déambulant dans l'allée.

Sa vie durant, Marie fleurirait la tombe de Clément. Elle trouverait toujours de quoi, en toutes saisons, ainsi qu'Anna le faisait sur celle de Louis, comme si les femmes, en plus du reste, avaient pour mission d'embellir la maison des morts chers à leur cœur, de ne jamais renoncer aux couleurs. Voilà certainement une différence essentielle entre les hommes et les femmes, pensait Marie, elles n'abdiquent pas devant la mort, elles l'apprivoisent du mieux qu'elles le peuvent, pour la distraire, l'amadouer avec de la bruyère, des chrysanthèmes, des géraniums, des violettes, des primevères, des myosotis, et des pensées.

La compassion des gens dura encore quelques semaines après les obsèques de Clément. Des voisines vinrent soutenir Marie, parlant souvent de leur expérience du deuil, comme s'il s'agissait d'une règle immuable, pourtant propre à chacune. Elles avaient toutes quelque chose de définitif à dire sur le sujet. Pourtant, un deuil ne peut se partager que dans le silence. Il n'y a que dans cet espace que la parole se dévide et laisse entendre la langue des morts. Aucune de ces femmes n'en fut capable. Marie finit par ne plus pouvoir cacher son agacement. Les visites s'espacèrent, puis il n'y en eut plus.

Au-delà de la mort de Clément, quelque chose avait péri aux Vieilles Granges, quelque chose d'inorganique, qui n'était ni l'espoir ni la foi, comme l'avait d'abord pensé Marie. Ce qui s'était éteint cette nuit du 4 septembre 1947, en même temps que la vie d'un homme, c'était un feu qui ne serait jamais transmis, ce feu qu'un gamin de quinze ans et une fillette de cinq ne pourraient raviver, par crainte d'aller contre la volonté de leur mère, d'aller contre ce destin tragique, qu'elle, Marie, finirait par accepter contre les vents et les marées de la colère. Elle n'en était pas fière, mais elle trouvait parfois dans le malheur de certains matière à endurer son propre sort, sans jamais rechigner ni rejeter la faute sur quiconque. *Chacun sa croix !* était la formule sans appel qu'elle lançait alors, coupant court à toute discussion, toute plainte insidieuse qui l'aurait conduite à subordonner son propre sort à un désespoir létal.

Marie savait qu'il lui faudrait être forte, plus forte qu'un homme. Une paysanne semblait une proie pour des paysans rompus à toutes sortes de magouilles, qui chercheraient à profiter de la situation. Elle disposait d'un caractère bien trempé et elle était déterminée à ne pas s'en laisser conter. Cela suffirait-il ? Elle n'avait d'autre choix que de s'endurcir encore, de prendre les choses en main, le temps que Louis ait suffisamment grandi et mûri pour diriger à son tour la ferme, construire son propre feu, puisque c'était le sens de l'histoire. Elle ne voyait même pas que sa mère s'éteignait peu à peu à côté d'elle.

Marie se mit à dessiner sa nouvelle vie, du moins à en tracer les grandes lignes. Une fresque modeste, à main levée, faite de travail et de quelques distractions éparses, se résumant à des tablées de familles et des repas de batteuse. Une fresque qu'elle achèverait définitivement une nuit de février, entourée d'arbres déracinés.

Quelque temps après la mort de Clément, peu après la Toussaint, Marie apprit dans le journal que Gaudel venait de mourir d'une rupture d'anévrisme. Le jour des obsèques était précisé dans l'avis de décès.

Le matin de l'enterrement, alors que le jour n'était pas encore levé, elle revêtit les vêtements qu'elle portait le soir de la mort de Clément, enfila son manteau, une paire de gants en laine, et emporta son sac à main. Elle ne prévint personne de son départ. Elle sortit par la porte qui donnait sur l'arrière de la maison, contourna les bâtiments et rejoignit la route. Cinq kilomètres séparaient les Herbiers des Ormeaux. Environ à mi-chemin, un véhicule s'arrêta. Le chauffeur lui proposa de monter à bord, elle refusa poliment.

Arrivée à l'entrée du village, elle longea la voie ferrée et emprunta deux ruelles pour éviter le bourg. Elle pénétra dans le cimetière désert, repérant aussitôt l'emplacement du caveau des Gaudel au matériel que le fossoyeur avait laissé à proximité. Les chrysanthèmes, déposés un peu partout alentour, avaient gelé dans la nuit. Désormais figés dans une gangue cristalline, la brûlure du soleil allait bientôt les rendre eux aussi à l'uniformité de la mort.

Marie retira ses gants, les fourra dans son sac. Elle plongea les mains dans les poches de son manteau. La droite entra en contact avec la pochette contenant le sang desséché de Clément. Elle attendit, face au tombeau sur lequel on avait fraîchement gravé le nom du défunt que l'on était en train d'encenser et de pleurer dans l'église, à moins de cent mètres du cimetière.

Les cloches sonnèrent. Marie ne savait pas depuis combien de temps elle était là, insensible au froid. Le cortège approchait. Le sourd martèlement des pas ressemblait à celui d'un lent troupeau que l'on mène au pâturage. Les gonds du portail se mirent à grincer. Marie se décala de quelques mètres, de sorte à pouvoir toujours fixer le nom du meurtrier, dans une attitude de défiance.

Les gens ne firent d'abord pas attention à sa présence. Elle fut bientôt noyée dans la masse, tout comme le drame qu'elle avait vécu était désormais noyé dans la plupart des mémoires. Quelques personnes la reconnurent malgré tout, pensant qu'elle faisait preuve d'une grandeur d'âme hors du commun.

Le protocole se déroula dans les règles de l'art jusqu'à la bénédiction du curé. Quand le moment vint de rendre un dernier hommage au défunt, Marie joua des coudes pour se présenter la première devant le cercueil rutilant et cracha dessus en lançant : « Va en enfer, assassin ! » Sa voix était si claire que tout le monde l'entendit. Nul n'osa intervenir. Elle longea la haie constituée par les membres de la famille, ralentit devant la veuve et s'excusa. Puis elle se fraya un passage dans la foule, semblable au soc d'une charrue dans une terre caillouteuse.

Elle était déjà loin lorsque retentit le glas. Elle ne ressentait aucun réconfort, aucun apaisement de savoir le coupable dans la tombe, prenant alors seulement conscience qu'on ne se venge pas d'un mort.

Émile se rendait aux Vieilles Granges deux fois par semaine. Il avait pris beaucoup de poids. On voyait arriver ses plus de cent kilos dodelinant par le chemin des Genêts. Il les appuyait sur un bâton écorcé d'acacia, qu'il relevait parfois pour désigner telle ou telle chose, souligner l'importance de ses paroles. Il entrait et s'asseyait à table. Anna versait du café dans un bol. Il en buvait une gorgée et se mettait alors seulement à parler. Il tirait invariablement une blague à tabac de son gilet de velours gris et roulait une cigarette très fine, avec une dextérité que ses gros doigts ne laissaient pas soupçonner. Lorsque le mégot était trop court, il le laissait s'éteindre, dépliait la feuille et gobait les miettes de tabac. Il n'avait plus la force d'effectuer les tâches les plus rudes, mais donnait toujours de précieux conseils.

Louis n'allait plus à l'école. Émile entreprit de lui enseigner tout ce qu'il savait. Son premier apprentissage concerna la fabrication du pain. Comme dans la plupart des fermes de la région, on pétrissait deux fois par mois. Émile versa trente livres de farine dans la maie, qui n'avait pas été utilisée depuis la mort de Clément, saupoudra de gros sel et ajouta l'eau et le levain. Il jeta ensuite neuf grains de blé dans la mixture et demanda à son petit-neveu de pétrir la pâte tant qu'il ne les aurait pas tous retrouvés. Louis pensa d'abord qu'il s'agissait d'une plaisanterie dont son grand-oncle était coutumier. Émile répondit d'un air sérieux qu'on ne plaisantait jamais avec le pain et qu'il resterait là à le surveiller le temps nécessaire. Le gamin n'insista pas, retroussa ses manches et se mit à l'ouvrage. Les gouttes de sueur se mêlèrent vite à la pâte, qui prit peu à peu un aspect élastique. Quand Louis faiblissait, Émile frappait le rebord de la maie de la pointe de son bâton. Les muscles tétanisés par l'effort, il vit apparaître un premier grain de blé, telle une bulle d'air remontant à la surface de l'eau. Il lui fallut encore de longues minutes avant de récupérer les huit autres et de les tendre d'un air victorieux à Émile. Lors des fournées futures, il fourrerait quelques grains de blé dans sa poche, afin de s'épargner des efforts qu'il jugeait inutiles, lorsque son grand-oncle roulait une cigarette ou regardait ailleurs. Le jour où Émile retrouva un grain de blé en goûtant le pain, il hocha la tête en souriant à ce gamin, décidément futé, pensant qu'élaborer une stratégie était souvent plus utile que l'expression de la force. Mais il n'en dit rien.

Ils allumèrent le four situé dans la première maison, là où vivait Anna, pendant que les pâtons levaient dans de grandes panières en osier. Ils patientèrent ensuite jusqu'à ce que s'éteignent les dernières braises et que la température baisse. Ils jetèrent de temps à autre une fane d'épis à l'intérieur du four et il fallut encore attendre qu'elle brunisse sans s'enflammer. Ils enfournèrent alors la pâte sur les soles chauffées à blanc. Quand le pain fut cuit, on y glissa des tartes, des biscuits, des pâtés de pommes de terre et une volaille, profitant ainsi jusqu'au bout de la chaleur du four.

Louis savait désormais faire le pain, mais il n'était pas encore assez aguerri. En plus des travaux inhérents à une ferme, Émile s'aventura à étendre l'éducation du jeune homme aux femmes, ce qu'il savait de la manière de les séduire, de choisir la bonne, selon ses propres critères, sa conception de l'utile beauté. En ce qui concernait la sexualité, il expliqua d'un air grivois quelques recettes charnelles qui alimentèrent très tôt l'imagination de l'adolescent.

Marie regardait son fils grandir, franchir une à une les épreuves qui le mèneraient à prendre la relève. Elle en éprouvait un sentiment diffus, où la fierté bataillait avec la nostalgie.

Tout comme Anna après la mort de son mari, des hommes essayèrent de détourner Marie de son veuvage. Elle ne les laissa jamais approcher plus près qu'un regard dur et froid, sans concession.

Elle avait certes délaissé la religion, mais elle continuait de se déplacer volontiers dans la dimension du sacré. La naissance d'un veau sans complications, l'abondance de fruits, la pluie venant à point nommé, lui permettaient d'endurer son destin et de jeter dans les flammes l'idée d'un Dieu châtiant le juste.

Sa propre histoire ne lui appartenait plus, la tragédie l'en avait dépossédée. La dignité dont elle faisait preuve en toutes circonstances était l'envers de son infinie tristesse.

Elle ne parlait jamais du drame, non pour atténuer sa douleur, mais pour en préserver les autres. Elle délaissa les livres. Les destins tragiques ou heureux lui étaient pareillement douloureux.

Peu à peu, le sourire lui revint en présence des proches, ou bien des visiteurs. Elle plaçait la vie des siens bien au-dessus de la sienne. Mais, une fois seule, elle continuait de planter ses ongles dans ses plaies et ravageait ses chairs à vif.

Après la mort de son père, le caractère de Louis évolua. Le jeune homme auparavant fantasque et turbulent s'endurcit considérablement, il devint révolté, égoïste, parfois violent, s'emportant pour un rien. Il était capable de se mettre dans une rage folle contre un veau renâclant à téter le pis de sa mère, ou contre une vache qui chiait sur une litière tout juste renouvelée. Marie parvenait toujours à le raisonner à temps, à canaliser ses colères, mais il lui était de plus en plus difficile de refréner ses pulsions.

Un jour, elle ne put intervenir à temps pour arrêter le bras de son fils tenant le piquet qui fracassa le crâne d'une truie récalcitrante. L'animal avait refusé de suivre ses congénères jusqu'à la soue. Louis laissa encore parler sa rage, continuant de frapper la masse inerte, n'entendant même pas les cris de Marie, insultant l'animal en patois, et peut-être aussi sa propre mère, de n'avoir su l'empêcher de commettre cet acte.

Aux Vieilles Granges, on dut faire le cochon en plein mois de juillet, au milieu du ballet obsédant des mouches, dont le vrombissement incessant soulignait le silence environnant.

Dans ces moments, durant lesquels Louis laissait le champ libre à une pulsion dévastatrice, il pensait probablement se venger des responsabilités que la disparition brutale de son père faisait peser sur lui, prendre une revanche sur ce destin figé trop tôt, à quinze ans, comme s'il n'avait trouvé d'autre moyen de se venger d'une jeunesse qu'on lui avait volée, comme s'il voulait faire payer le prix de la fatalité qui le clouait dans cette ferme à tout ce qui lui résistait.

La pérennité des Vieilles Granges était malgré tout assurée avec Louis, pensait Marie. Quand il fut en âge d'effectuer son service militaire, elle décida de le faire exempter. Au vu de la situation, elle était confiante. Clément n'avait pas fait la guerre pour cause de charge de famille, il n'y avait aucune raison pour que son fils ne bénéficie pas du même traitement de faveur en temps de paix. Elle s'en alla plaider sa cause auprès du maire, qui en référa au député, qui assura faire le nécessaire. Cela ne poserait pas de problème, étant donné le cas de figure. Quelques jours plus tard, Louis reçut une convocation pour effectuer ses trois jours d'incorporation. Durant cette période, il fit tout pour ne pas être exempté, sans rien dire à sa mère. De retour aux Vieilles Granges, il avoua d'un air dépité qu'il devrait effectuer un service actif de dix-huit mois, ajoutant que les hommes politiques n'étaient décidément pas fiables.

Anna était à bout de forces. Elle donnait au mieux le change, se repliant chez elle lorsque survenaient les crampes d'estomac qui ne tarderaient pas à irradier partout dans son corps. Lorsque Marie lui en parlait, elle mettait sa faiblesse sur le compte d'une fatigue passagère, et aussi de la vieillesse.

Louis bientôt sous les drapeaux, Marie ne pourrait fournir le travail nécessaire au bon fonctionnement de la ferme. Deux options se présentaient. La première consistait à réduire le nombre de bêtes, à revenir en arrière en coupant court au projet initié par Clément, c'est-à-dire, d'une certaine manière, le trahir. La deuxième, à faire appel à une aide nouvelle, même momentanée. Elle en parla à sa mère. Les deux femmes tombèrent d'accord. On devait tout entreprendre pour poursuivre l'œuvre de Clément, afin de ne jamais renier sa mémoire. La décision fut prise, et une annonce rédigée sur un coin de table.

Deux semaines après avoir passé l'annonce, un jeune homme se présenta au portail de la ferme. D'une caresse, il amadoua le chien venu à sa rencontre. Voyant Marie et Anna sortir de la maison, il changea d'épaule son sac en toile, inspira profondément et avança vers elles. Il portait un pantalon de travail rapiécé au genou et une chemise de flanelle aux manches retroussées. Il demanda si c'était bien ici qu'on recherchait un domestique. Marie détailla un instant la mise du jeune homme, avant de répondre que oui, et de l'inviter à entrer.

Juliette se colla aux jambes de sa mère. Du tranchant de la main, Louis rassembla les cerneaux de noix qu'Anna lui avait demandé de casser pour faire un gâteau, fixant l'intrus d'un air hautain. Tout le monde prit place autour de la table, la fillette grimpa sur les genoux de Marie, sans quitter l'inconnu des yeux.

Raymond Cernin avait une vingtaine d'années. Il était petit, râblé et très sec. Il avait eu vent de l'annonce par le curé du village, qui avait engagé la conversation avec lui alors qu'il buvait à la fontaine située devant l'église.

Orphelin de naissance, il avait été recueilli par l'Assistance publique et placé dans une famille peu regardante sur le bien-être de l'enfant et qui ne pensait qu'à empocher les subsides versés par l'État. En âge de travailler, vers treize ans, il avait rejoint une importante ferme. Le propriétaire le nourrissait de restes et le faisait dormir dans une grange, à même la paille. Il ne lui versait aucun salaire en contrepartie de son travail, prétextant qu'il était en apprentissage, que c'était déjà charitable de sa part de lui offrir le gîte et le couvert. Il le traitait comme un esclave, une bête de somme, et ne se gênait pas pour le frapper à coups de ceinturon, lorsqu'il estimait une tâche mal exécutée, ou parfois même inventait une raison afin de se défouler. N'en pouvant plus de ce traitement, Raymond s'était enfui une nuit, emportant son maigre barda et une plaque de chocolat dérobée dans un placard de la cuisine.

Il raconta tout dans le détail, sortit même la tablette de chocolat intacte de son sac et la posa sur la table, comme si elle lui brûlait la main. Il aurait compris que le vol fût rédhibitoire aux yeux des deux femmes qui l'avaient écouté sans l'interrompre. Elles pouvaient constater qu'il n'avait même pas goûté au chocolat. Loin de s'atténuer, sa culpabilité n'avait cessé de grandir depuis qu'il l'avait prise. On aurait cru Jean Valjean ayant dérobé les couverts en argent chez l'évêque Myriel. Anna leva une main en l'air pour le faire taire. Le geste n'avait rien de péremptoire, il était plutôt destiné à apaiser le tourment du jeune homme. Elle le tranquillisa, ajoutant qu'il s'agissait d'une bien piètre compensation au regard des sévices subis, mais qu'il ne faudrait pas recommencer. *Pour sûr, que je recommencerai pas*. Raymond jura que c'était la dernière fois qu'il volait quelque chose. Il poussa la tablette en direction de la fillette, autant pour en faire cadeau que pour s'en débarrasser. *Vos petits auront qu'à s'en régaler*. Marie était d'accord avec sa mère, Raymond avait mérité ce chocolat, c'était à lui d'en profiter. Désormais en confiance, il avoua qu'il ne savait ni lire ni écrire, mais qu'il était courageux. Aucun travail ne lui faisait peur et il prendrait ce qu'on lui donnerait, pourvu qu'il dispose d'un toit et de quoi manger. À l'issue de la discussion, Marie le fit sortir un moment, pendant qu'elle et sa mère se concertaient.

Raymond avait à peine quitté la pièce que Louis dit que ce domestique ne lui plaisait pas, qu'on n'en avait même pas besoin d'un à la ferme. Marie jeta un regard dur à son fils et lui rappela qu'il partirait bientôt faire son service militaire. La discussion ne dura guère. Les deux femmes étaient convaincues de la bonne foi du jeune homme. Quant au travail, elles ne risquaient rien de le prendre à l'essai. Elles le renverraient s'il ne faisait pas l'affaire.

Marie rappela Raymond. Elle déroula les conditions de l'offre. Il serait logé, nourri et blanchi. Il recevrait un salaire de deux mille cinq cents francs par semaine. La somme pourrait varier en fonction des rentrées plus ou moins importantes d'argent. On rediscuterait lorsque Louis reviendrait du service. Le visage de Raymond s'illumina et il remercia ses bienfaitrices pour la confiance qu'elles lui accordaient. Il ne les décevrait pas. L'affaire fut entendue et le pacte scellé d'une franche poignée de main et d'un verre de cidre.

Raymond s'installa le jour même aux Vieilles Granges.

On aménagea une pièce dans le grenier avec une armoire et un lit. Il en aurait pleuré. Il n'avait pas dormi sur un vrai matelas depuis des années. Ce soir-là, une fois seul, il mangea la tablette de chocolat et s'endormit en paix.

Dans les mois qui suivirent l'arrivée de Raymond, chacun put constater qu'il n'avait pas menti. Il était vaillant, d'une endurance exceptionnelle et il savait s'y prendre avec le bétail. Jamais un mot plus haut que l'autre. Après le départ de Louis au service militaire, il travailla plus dur encore. Debout dès cinq heures du matin, il s'occupait des vaches, tirait ensuite le fumier à l'aide d'une brouette en bois qu'il poussait jusqu'à la fosse. Il achevait sa journée quand venait l'heure du souper. Entre-temps, il pouvait passer des journées entières à installer des clôtures ou à fendre du bois avec une simple masse et des coins qu'il plaçait dans le fil du bois. L'effort ne semblait pas vraiment lui coûter. Il était aussi adroit de ses mains, savait tresser l'osier, fabriquer des paniers et des râteaux à foin.

Marie et Anna ne regrettèrent jamais leur choix. Raymond n'était exigeant en rien. Émile continuait de venir de temps en temps. Il éprouvait de l'affection pour le jeune homme. Il lui montra comment rouler une cigarette. Raymond y prit vite goût. Avec sa première paye, il acheta des vêtements neufs, une casquette en toile, du tabac gris et des feuilles. Lorsqu'il eut suffisamment économisé, il s'offrit un fusil de calibre 16 à canons juxtaposés, qu'il emportait en allant travailler au cas où une perdrix, un lapin ou un lièvre croiseraient son chemin.

Il parlait peu, mais ne perdait rien des échanges auxquels il assistait. Il savait son vocabulaire trop pauvre pour mener correctement une conversation. Quand il s'y risquait, dans le feu de l'action, il déformait souvent les mots et les expressions entendus. Ses inventions confinaient parfois au génie. Marie se souvenait de certaines, à l'instar de : *Fontaine, je ne boirai pas de tonneau*, ou encore, *Celui-là, il a toujours un pied de travers*. Il ne savait pas comment se comporter avec les enfants et les inconnus. Enfant, il ne l'avait jamais été vraiment, quant aux inconnus, il nourrissait une grande méfiance envers eux. Il préférait s'isoler en leur présence, prétextant un travail à faire. Le seul ami qu'il eût était un autre domestique d'une ferme voisine. Albert, que tout le monde surnommait Bébert, était aussi de l'Assistance, plus âgé que Raymond. Sa silhouette rondouillarde et sa mine rougeaude révélaient des excès dont il tirait une grande fierté.

Raymond ne savait pas non plus comment s'y prendre avec les femmes. Rabaissé depuis sa naissance, il était persuadé de n'avoir aucune qualité dont elles puissent rêver. Il tenta parfois d'en approcher une, au bal du village, quand le vin bu, la pénombre et la musique atténuaient un peu son appréhension. Cela ne le mena jamais plus loin qu'une danse maladroite, bien trop rythmée pour engager les corps dans la direction du désir. Il eut beau se faire une raison en vieillissant, il en garderait une douleur profonde dont il rendrait responsables les femmes qui l'avaient éconduit. En revanche, il respectait infiniment Marie, la vénérait. Jamais il n'aurait songé à la ranger au côté des autres, jamais il n'aurait songé à la désirer. Ce petit bout de femme incarnait le courage, la force et la bonté.

Le dimanche était chômé. Émile et sa famille venaient souvent déjeuner aux Vieilles Granges. Il portait sous chaque bras une bouteille de vin bouché, et Madeleine, une tarte aux fruits ou un pâté levé. Raymond était toujours invité à partager leur repas. On mangeait alors plus que de coutume. Après le dessert, les hommes buvaient un ou deux verres de gnole. Celle de prune avait la préférence de Raymond, mais il ne dédaignait pas non plus celle de poire, qu'affectionnait Émile. Il rejoignait ensuite Albert qui l'attendait, caché derrière l'un des cyprès plantés de part et d'autre du portail. Les deux amis partaient alors en bordée, écumant les cinq bistrots du village, avec méthode et application, buvant la même quantité à chaque comptoir, jusque tard dans la soirée. Ils commençaient toujours par le plus éloigné de la ferme, celui de la mère Bialot, puis revenaient sur leurs pas, zigzaguant de plus en plus. Depuis le dernier bistrot, ça descendait tout du long jusqu'à la ferme. Une fois arrivé, Raymond passait par la cave pour faire le moins de bruit possible et montait cuver dans sa chambre. Contrairement à Bébert, qui s'affalait souvent dans un fossé pour terminer sa nuit, il ne buvait pas en semaine et jamais ne manquait à l'appel du lundi matin.

Raymond était peu dépensier. Ses plaisirs se résumaient au tabac et aux verres du dimanche. Il plaçait ses économies sur un compte en banque à la Poste. Ses seules possessions matérielles d'importance étaient son fusil et un vélo acheté neuf, un jour qu'il avait accompagné Émile à la foire des Ormeaux. Cela suffisait à sa vie.

Pendant ses classes, Louis suivit une formation d'infirmier. Il fut ensuite affecté dans un régiment d'infanterie à une centaine de kilomètres des Vieilles Granges. Il revenait pendant ses permissions. Il avait fière allure dans son uniforme. Il avait pris de l'assurance.

Durant son service actif, il développa une passion pour la médecine. Il avait rêvé d'être électricien, désormais c'était chirurgien, même s'il savait que c'était une ambition inatteignable. Il se lia avec des jeunes gens de toutes origines, de toutes conditions, découvrit d'autres horizons. Il parlerait souvent de cette période avec nostalgie, comme d'une porte ouverte sur un monde qu'il aurait aimé explorer davantage.

Anna s'était mise définitivement en retrait de la marche de la ferme. Elle avait encore maigri. Elle ne partageait plus les repas avec le reste de la famille. Ne sortait plus guère de sa maison. On la voyait traverser la cour, portant un seau avec un fond de grains, ou quelques pissenlits, tout ce qu'elle était en mesure de soulever, peinant à rejoindre volière et clapiers. Au-delà de son ventre meurtri, ses muscles formaient d'inextricables nœuds où résidaient les crampes.

Juliette adorait sa grand-mère. Elle l'aidait le plus souvent possible, quand elle n'était pas à l'école. Anna donnait le change en sa présence, se forçant à sourire, à feindre la légèreté. L'énergie considérable qui lui en coûtait la consumait plus vite. Une fois seule, elle s'asseyait un moment, et parfois même s'allongeait sur son lit.

Marie ne pouvait plus ignorer que sa mère souffrait en silence, mais elle n'osait lui en parler. Son travail terminé, elle lui rendait toujours visite, essayant de la ramener du côté des vivants, dont elle semblait s'extraire sans véritablement lutter.

Une fin d'après-midi, elle la trouva assise à table, vêtue de sa longue et ample chemise de nuit, buvant un bol de lait à la lueur d'une lampe à pétrole. Jamais auparavant elle ne se préparait pour le coucher tant que sa fille n'était pas passée la voir. Malgré toute sa concentration et ses efforts redoublés pour vaincre ses tremblements, Anna peina à crocheter la faïence pour la soulever et y poser des lèvres exsangues. On lisait au travers de sa peau ce que lui coûtait ce geste banal. Elle hocha la tête, arborant un air grave.

– Assieds-toi un moment, ma fille !

Marie obéit à contrecœur. Elle redoutait ce que sa mère allait dire, alors même qu'elle n'en savait rien.

– Fichue arthrose… il fait pas bon devenir vieille… Comme on devient, quand même… J'aurais bien du mal à te porter, aujourd'hui.

Anna esquissa un sourire au moment où le souvenir lui revint.

– Tu te souviens que je te portais… Mais non, tu étais trop petite, tu peux pas te le rappeler…

– Si, je m'en souviens, maman.

– Grand Dieu, comment c'est possible… jusqu'à deux ans passés, je t'ai portée… j'aurais continué, je crois bien… ça me faisait pas de peine… J'étais infatigable, à l'époque… Ça m'aidait de te sentir sur mon dos… même quand il faisait mauvais temps, je m'en moquais… j'avais du soleil sur les épaules… tu m'as jamais donné de peine, ma fille… jamais… heureusement que je t'ai eue…

– Tu m'as toujours, maman…

– Oui, bien sûr, que je t'ai… c'était façon de parler…

Les traits s'étirèrent encore sur le visage de la vieille femme.

– Tu sais, quand je me retourne, je me dis que c'est pas le travail, ni ce qu'on fait, qui donne du sens à la vie… c'est les gens qu'on aime et qui nous aiment… le restant, c'est que de l'occupation, du remplissage, du pas vraiment important, qu'on met en avant parce qu'on nous a éduqués ainsi… Je m'en veux de ne pas l'avoir compris avant, de ne pas avoir fait différemment…

Elle reprit son souffle.

– Toutes les deux, on a eu notre lot de malheurs… il ne nous a pas souvent laissées en paix, celui-là… Si j'en avais eu le pouvoir, j'aurais donné ma vie pour que tu en aies une meilleure… Oh, oui, ma fille, je l'aurais donnée sans hésiter, mais ça ne fonctionne pas comme ça… on ne peut pas donner sa vie pour épargner les autres du malheur… on peut juste se démener comme un beau diable en espérant qu'à force on y arrivera… juste espérer… c'est pour ça que je ne me suis jamais tout à fait détournée de Dieu… je Lui ai laissé Sa chance, même quand Louis est revenu de la guerre plus mort que vivant… Toi, tu L'as mis au rebut y a une flopée d'années… quand… quand Clément s'est fait tuer… t'as plus voulu en entendre parler…

Marie ressentit comme une piqûre de frelon. Elle ne put s'empêcher de réagir :

– C'est le Dieu du curé qui est mort ce soir-là, maman.

– Ton père disait que c'était au bois d'Ailly qu'il L'avait vu mourir, pendant la guerre.

– Je veux bien croire que le sien est mort là-bas. Moi, tout ce que je sais, c'est que j'aurais dû me méfier bien avant. Comment imaginer que quelqu'un qui regarde crever son propre fils sans lever le petit doigt agisse pour quelqu'un qui ne lui est rien ? Son Dieu, au curé, ce n'est rien qu'un nom dans un livre. Tu m'as fait comprendre il y a longtemps que le seul qui existe vraiment, c'est le grand chêne dans le fond du coudert. Parce qu'aucune vie ne pourra monter plus haut que ses branches, ni descendre plus bas que ses racines.

– C'est pas moi qui te dirai le contraire. À mon âge, j'espère ne pas m'être trompée sur tout.

– Arrête avec ton âge, maman ! Tu as encore de belles années devant toi.

Anna posa une main décharnée sur celle de sa fille. Les traits de son visage se détendirent, comme si un fluide vital, émanant de Marie, passait dans ses veines. Sa bouche s'étira et ses lèvres prirent miraculeusement la couleur rose pâle de la fleur d'églantier.

– De belles années, oui, de très belles années, ma fille. J'y compte bien.

– Bon, il faut que j'aille préparer à manger. Juliette te portera du pain et de la purée.

– Non, merci, pas la peine… mon lait me suffit… c'est pas les efforts que je fais dans une journée qui demandent plus… Au fait, tu as des nouvelles de Louis ?

– Il revient à la fin de la semaine prochaine pour une permission de cinq jours.

– Très bien. Ça a l'air de lui plaire de faire l'infirmier.

– On dirait, oui.

– Savoir soigner les gens, ça peut aussi être utile pour les bêtes.

Au moment de partir, Marie regarda longuement sa mère et, pour la première fois, elle la trouva vieille.

En ce temps-là, les médecins étaient des confidents, et parfois même des amis. On s'en remettait à eux, et quand ça ne suffisait pas, on se glissait en douce dans l'officine du curé ou la cabane du guérisseur. On faisait confiance à la science seulement tant qu'elle pouvait satisfaire.

Anna ne voulait pas entendre parler de médecin. Avec la complicité de Marie, le docteur Maury passa à la ferme. Il prétexta qu'il venait de faire une consultation non loin des Vieilles Granges et qu'il s'était dit qu'il allait prendre des nouvelles de la famille. Anna ne fut pas dupe du boniment. Elle l'invita tout de même à entrer boire une tasse de café. Connaissant son caractère entier, le médecin usa de diplomatie. Il parla de toutes sortes de choses n'ayant rien à voir avec les raisons de sa venue, puis, faisant mine de partir, il dit que c'était trop bête de ne pas profiter de ses services tant qu'il était là. Ça n'engageait à rien, un petit examen de routine. Il avait fait de même avec Marie et Juliette. Tout le monde était en parfaite santé. Anna finit par accepter. Maury ouvrit sa trousse pour l'ausculter. Il ne montra aucun signe d'inquiétude durant la consultation. À l'issue, il prescrivit des fortifiants. Il repasserait dans quelques jours. Anna répondit que ce n'était pas la peine, qu'il n'avait sûrement pas de temps à perdre avec une vieille dame.

Marie attendait le médecin dans la cour. Il parla sans détour, ne cachant pas son inquiétude. L'auscultation avait révélé un état de faiblesse généralisé. Les indurations révélées par la palpation de l'estomac ne semblaient pas de bon augure. Il était impératif d'hospitaliser Anna afin d'établir un diagnostic précis et fiable. Maury avait plusieurs hypothèses en tête. Il n'en révéla aucune, car il ne disposait pas de tous les éléments. Un fait était certain, il fallait agir au plus vite, si l'on voulait établir un protocole de soins efficace. Marie avait toujours refoulé l'idée que sa mère puisse être atteinte d'une maladie grave. Mais elle ne pouvait plus continuer de se mentir. Il était temps de prendre les choses en main, avant qu'il ne soit trop tard.

– Jamais je ne mettrai un pied dans un hôpital, ma fille, jamais.

– C'est pour ton bien, maman. On s'occupera de toi, là-bas.

– D'abord, je ne suis pas malade, et ensuite, c'est justement dans le genre d'endroit où tu veux m'envoyer qu'on te trouve des maladies.

– Ça se passera bien, maman. Et après, tu nous reviendras en pleine forme.

– Non, ça se passera pas comme tu dis. S'il est temps que je m'arrête, alors je m'arrêterai, un point c'est tout.

– Maman…

– Laisse-moi parler. Je ne veux pas finir ma vie dans un endroit que je ne connais pas, au milieu de gens qui ne me sont rien. Jamais je ne quitterai vivante les Vieilles Granges. Tu m'entends bien, jamais !

– Je t'entends, mais pourquoi tu dramatises ?

– Je dramatise, moi ? Qui c'est qui parle d'hôpital ?

– Bon, je repasserai quand tu te seras calmée.

– Reste ! J'ai encore des choses à te dire, tant qu'on y est.

– Ça ne peut pas attendre ?

– Non, ça ne peut pas. Je te rappelle que c'est toi qui as commencé. Je suis plus près de la fin que du début… En être conscient n'accélère pas le processus, et le dire, non plus… mais il y a des choses qu'il faut régler assez tôt…

Elle reprit son souffle, le temps de se calmer un peu.

– Quand je serai morte, je veux un enterrement religieux… mais attention, tu diras à monsieur le curé qu'il n'en fasse pas trop avec ses bondieuseries, qu'il reste sobre… Après, je veux que tu portes mon cercueil, avec Émile et les deux frères de Clément… je suis pas bien lourde, je te pèserai pas beaucoup… comme ça, tu m'accompagneras jusqu'au bout… ensuite, la terre prendra le relais… Pleure pas, ma fille… je suis toujours de ce monde… et puis, comme tu l'as dit, j'ai encore de belles années devant moi… Si je te dis tout ça, c'est pour que tu ne te poses pas de questions le moment venu… On a toujours fait face, nous autres les femmes des Vieilles Granges… Je radote peut-être, mais moi, c'est tout le temps que je t'ai portée sur mon dos qui m'a donné de la force pour une vie entière… Des fois, j'ai l'impression que tu y es toujours… c'est un bonheur de croire que c'est encore possible.

Anna reprit de nouveau son souffle. Marie pensa qu'elle en avait terminé, peinant à retenir les larmes qui lui venaient.

– Tu ne me parleras plus jamais d'hôpital ?

– D'accord, plus jamais.

– Il y a aussi autre chose qu'on doit régler… ça concerne les enfants… Il est entendu que Louis reprendra la ferme… pour le moment, il est comme tous les jeunes, il rêve d'ailleurs… ça lui passera… il se fera à l'idée que les Vieilles Granges doivent continuer d'exister avec lui, sa femme, ses enfants… Juliette, on en a déjà parlé… il faudra qu'elle s'en aille… de toute façon, la ferme ne peut pas subvenir aux besoins de deux familles… et puis, les exemples ne manquent pas au village pour constater que la cohabitation conduit parfois à la haine… j'ai jamais été dépensière… tout ce que j'ai économisé se trouve dans un petit coffre en bois, dans l'armoire, sous les draps de lit… Je me suis toujours méfiée des banques et encore plus des banquiers… après la mort de ton père, je suis allée en voir plusieurs pour demander de l'aide… ils m'ont tous prise de haut en me déroulant les raisons qu'ils avaient de pas m'aider… pour un peu, ils auraient fini par me convaincre qu'ils agissaient pour mon bien… ils sont forts pour vous embobiner, c'est rien que des vautours… il y en a même un qui a essayé de profiter de la situation… pas besoin de te faire un dessin… Il faut reconnaître que j'étais encore appétissante à l'époque… je regrette de ne pas l'avoir calotté… au lieu de ça, je me suis carapatée comme une voleuse, comme si j'étais coupable d'une faute… bref, tout ça, c'est de l'histoire ancienne… Ta petite Juliette marche bien à l'école, elle a des facilités… elle est consciencieuse et travailleuse…

quand tu auras besoin, tu utiliseras mes sous pour qu'elle s'instruise davantage, de sorte qu'elle ait un bon métier qui lui plaise… Tu diras surtout rien à Louis de notre arrangement… il héritera de plus en reprenant la ferme, mais ça ne l'empêcherait pas d'être jaloux de sa sœur… Ils n'ont pas du tout le même caractère… c'est le feu et l'eau que t'as mis au monde…

Anna s'interrompit. Ses efforts pour venir à bout de ce qu'elle avait à dire l'avaient épuisée. Marie se demandait comment sa mère en avait trouvé la force. Elle aurait aimé dire à son tour quelques mots, mais elle n'en trouva aucun de suffisamment juste, approprié. Il est probable qu'un tel mot n'existait même pas. Il est tout aussi probable qu'Anna ne l'aurait pas laissée faire.

Anna n'eut pas de belles années devant elle, tout juste quelques semaines, et elles ne furent pas belles du tout. Quand Marie lui rendait visite, elle lui disait qu'elle avait meilleure mine, affirmait que c'était sûrement bon signe. Elle occupait le terrain avec ses mots, pour ne pas entendre ceux de sa mère, pour ne pas voir sa douleur. Dans le masque de souffrance, elle cherchait encore des notes d'espoir, en inventait dans le regard désespéré de celle qui n'implorait aucune aide de sa fille.

Marie ne savait pas ce qui se tramait dans son dos. Elle ne savait pas qu'Anna avait investi son petit-fils de la plus terrible des missions, de la plus belle aussi, la soulager à temps du mal qui la rongeait, et qu'il avait accepté. Elle en avait parlé à Louis lors d'une de ses permissions. Il saurait comment s'y prendre. Il était infirmier. Il avait accès à toutes sortes de substances, qui à certaines doses pouvaient se révéler mortelles. Elle l'en savait capable. Il était si dur, semblait tellement détaché de la mort. Il n'avait pas essayé de l'en dissuader.

Ils n'en parlèrent plus jamais. Elle déciderait du moment.

Quand elle sentirait qu'il n'y avait plus lieu de souffrir pour rien, avant que la pitié qu'elle ne manquerait pas de lire dans le regard des autres ne prenne le pas sur sa dignité.

C'était un matin, de très bonne heure. Le coq n'avait pas encore chanté. Raymond faisait téter les veaux dans l'étable. On l'entendait parler aux bêtes en patois.

Anna était assise dans son fauteuil face à la fenêtre donnant sur la cour, vêtue d'une robe que son corps remplissait auparavant et qui flottait désormais contre l'os. Elle n'avait pas dormi, consacrant la nuit à vérifier que toutes ses affaires étaient en ordre. Elle s'était donc installée là au milieu de la nuit, observant le ciel irradié par la pleine lune. Elle se tenait toujours à cette même place lorsque Louis entra et referma la porte en tirant le verrou. Il semble qu'il n'y eut pas un seul mot prononcé. Je veux croire qu'un regard suffit à exprimer la reconnaissance d'Anna, qu'elle accompagna peut-être d'un sourire.

Il sortit un écrin à seringue d'une poche et une fiole sans étiquette d'une autre. Il déposa le tout sur la table. Anna retroussa une manche de sa robe en petits plis égaux jusqu'au-dessus du coude. Ses gestes n'étaient pas hésitants. Louis attendit qu'elle ait terminé. Il était très calme. Il s'était préparé à cela depuis le moment où il avait dérobé la seringue et la fiole dans une vitrine de l'infirmerie. Depuis, il n'avait cessé de mettre de la distance entre l'acte et sa grand-mère, une distance qui n'en finirait pas de s'amenuiser tout au long de sa vie.

Anna plaqua son avant-bras dénudé sur l'accoudoir du fauteuil, tellement décharné qu'il faisait paraître sa main démesurément grande, semblable à une nageoire. Louis ouvrit l'écrin, attrapa la seringue et le flacon, transperça le bouchon avec l'aiguille, actionna le piston vers le bas et aspira le liquide, puis chassa l'air. Des gouttelettes giclèrent à l'extrémité de l'aiguille en un dérisoire feu d'artifice. Anna tourna de nouveau la tête vers la fenêtre, et la beauté du ciel se mua en ce grand mystère qu'elle allait bientôt résoudre, seule. Elle souhaita peut-être dire quelque chose, mais les mots qui lui vinrent avaient déjà reçu une dose mortelle de poison dans sa gorge. Elle ne sentit même pas l'aiguille s'enfoncer dans la grosse veine noire qui resplendissait dans le pli de son coude, pas plus qu'elle ne la sentit se retirer, faisant jaillir une perle de sang.

Elle rabattit aussitôt sa manche jusqu'au poignet. Louis rangeait déjà son matériel dans ses poches. Elle lui saisit le bras au passage et le serra aussi fort qu'elle le pouvait, sans le regarder. Il posa une main sur celle de sa grand-mère et elle relâcha lentement son étreinte. Il hésita un instant sur le pas de la porte, puis sortit sans faire plus de bruit qu'en entrant. Ils s'étaient entendus à l'avance. Elle lui avait demandé de partir dès qu'il aurait accompli sa mission. Elle voulait s'en aller seule, qu'il n'assiste pas à ce qui allait suivre, persuadée que l'ultime expression de sa dignité était de mourir cachée, en ayant choisi le moment. Louis avait assuré qu'elle ne souffrirait pas, qu'elle s'endormirait, qu'elle ne souffrirait plus jamais. Elle cala son dos contre le dossier, crocheta les accoudoirs et se tourna de nouveau vers la fenêtre et la lune, dont l'aura s'estompait. Quand elle sentit les premiers effets du poison, elle se mit à pleurer, pendant que s'étendait la grande nuit dans le jour naissant. Ses yeux mouillés basculèrent vers la porte refermée, qui ne tarderait pas à s'ouvrir, et qu'elle ne verrait plus jamais s'ouvrir, ni se refermer.

Anna mourut comme elle l'avait souhaité, sans témoin, en silence.

Marie découvrit sa mère assise sur son fauteuil, tête basculée contre l'épaule gauche, les avant-bras reposant sur les accoudoirs. Elle comprit immédiatement ce qui s'était passé, n'envisagea même pas qu'Anna fût simplement endormie. Elle embrassa le front déjà froid. Elle approcha une chaise, enserra les poignets de sa mère, afin de profiter de ce dernier moment d'intimité avec celle qui l'avait mise au monde. Elles demeurèrent ainsi enchaînées, cloîtrées dans la pénombre qui gommait en partie la mort de l'une et la vie de l'autre, chacune sur leur trône de paille, célébrant la fin d'un règne. Dehors, des moineaux s'égosillaient dans la gouttière en sautillant comme de petits trublions impatients d'assister à une fête, et on entendait leurs pattes griffues contre le zinc. Marie ferma les yeux et laissa venir à elle l'odeur de la paille, et l'image vivante de sa mère apparut.

Plus tard, elle s'en alla fouiller l'armoire et trouva le petit coffre en bois contenant les économies d'une vie, l'alliance de Louis et une poignée de lettres écrites pendant la guerre de 14. Elle emporta le coffret dans sa chambre, avant d'annoncer la mort de sa mère.

Elle respecta les volontés d'Anna dans les moindres détails. Elle porta le cercueil avec Émile, Aimé et Gustave, de l'église jusqu'au petit cimetière des Herbiers. Louis soutenait sa sœur, qui pleurait toutes les larmes de son corps. Il n'en versa aucune.

C'est vrai qu'Anna ne pesait pas bien lourd. Ce qui pesait à Marie, c'était l'absence définitive, et ce rôle à jouer, qu'elle ne voulait pourtant plus jouer. Anna l'avait joué, ce rôle, en son temps. Deux générations de femmes avaient été contraintes de diriger les Vieilles Granges, par la force du destin. Deux femmes en quelque sorte libres, qui n'avaient pas choisi de l'être. Parce que cette liberté qui leur avait échu, elles ne l'avaient pas même souhaitée, pas même envisagée, mais assumée avec une force hors du commun, et la même froide dignité.

La mort d'Anna marqua l'ultime rupture dans la vie de Marie. Après l'accident de Clément, elle avait trouvé une alliée en sa mère. Elle ne s'était jamais sentie complètement désœuvrée, ne s'était jamais sentie vraiment seule, abandonnée. Désormais, elle était la dernière d'une lignée de femmes, le dernier témoin d'un temps révolu qui disparaîtrait avec elle. Louis ne serait jamais un véritable allié, elle en était consciente, même s'il allait reprendre le flambeau à son retour du service militaire. Juliette, quant à elle, était promise à un tout autre destin que celui de sa mère et de sa grand-mère. Puisqu'il le fallait.

Marie savait qu'elle allait devoir encore tenir bon quelque

temps, avant d'être au moins soulagée du poids des responsabilités. Elle s'y épuiserait, mais n'avait d'autre choix que d'endurer. Après, elle ne savait pas ce qu'il adviendrait d'elle, quelle serait sa place. En vérité, elle s'en moquait.

Louis fut démobilisé en avril 1953. Il s'était fait à l'idée de reprendre la ferme, avait des projets pour la développer. Il exigea de sa mère d'être le seul maître à bord. Elle obtint de garder Raymond. Il voulut faire croire qu'il lui accordait cette faveur, mais en vérité, il savait que la ferme ne pouvait se passer d'aide.

Il prit les rênes du domaine sans considération pour le travail réalisé par les générations précédentes. Pour lui, le passé ne représentait qu'un roulement de tambour débouchant sur son grand œuvre.

Il était toujours dur, intraitable, peut-être aussi à cause de ce qu'il avait fait pour soulager sa grand-mère de souffrances inutiles. Cet acte, il le porterait comme une fierté intime, une fierté d'un poids considérable. Il s'exprimait sur un ton péremptoire, ne supportant pas la contradiction ni le moindre écart entre la réalisation d'une tâche et l'idée qu'il s'en était faite. Si on tentait de lui démontrer qu'il avait tort, il s'emportait violemment afin de couper court à toute discussion. Sa mauvaise foi était connue de tous, ses colères toujours spectaculaires, parfois destructrices.

En dehors du travail de la ferme, Louis aimait retrouver les copains le samedi soir pour écumer les bals. Il était devenu un beau jeune homme. Fort de l'assurance acquise durant son service militaire, il prenait plaisir à séduire les plus belles filles de la région. Une fois qu'il était parvenu à ses fins, ses nouvelles conquêtes l'ennuyaient vite, et il les laissait tomber sans le moindre ménagement. Il disait que celle qui lui mettrait la bague au doigt n'était pas encore née. En vérité, elle l'était, dans un hameau voisin, mais il ne l'avait pas encore croisée.

Louis fit des Vieilles Granges sa chose. Il menait son monde à la baguette. Raymond en fit souvent les frais. En dehors de l'école, Juliette non plus n'était pas épargnée par les commandements du maître autoproclamé. Au début, Marie ne put s'empêcher de prodiguer quelques conseils. Au mieux, il ne l'écoutait pas, au pire, il la réduisait aux choix qu'elle avait faits après la mort de Clément, qu'il estimait peu judicieux, et qu'il qualifiait même d'erreurs.

Il n'était nullement reconnaissant envers sa mère qui lui léguait la totalité de ses biens, le fruit de son travail, de celui d'Anna, de Clément. Il trouvait cela normal. Il l'allégeait d'un fardeau trop lourd pour elle, que lui seul pouvait désormais porter sur ses épaules. Au fond, c'était à elle de le remercier de la débarrasser de toute responsabilité, de lui offrir la paix qu'elle disait tant souhaiter.

Marie ne voulait pas déranger. Pour éviter les tensions avec son fils, elle s'effaça, ne répondant jamais à ses provocations. Elle ne lui en voulait pas de faire comme si elle n'existait déjà plus, en revanche, elle lui en voulait de faire comme si elle n'avait jamais existé. Elle était usée par une vie de labeur, et par les drames qui avaient jalonné son parcours sur terre. Elle avait au moins le sentiment d'avoir passé au mieux le relais à Louis. Elle continuait de travailler, mais son cœur donnait des signes de faiblesse et la conduisait à ménager sa peine. Les années séparant la mort de Clément de la transmission de la ferme à Louis étaient passées comme l'éclair. Pendant cette période, Marie s'était sentie prise dans un étau, une mâchoire pour le travail, une autre pour ses enfants. Désormais, alors qu'elle paraissait avoir vieilli du double, elle pouvait enfin desserrer l'étreinte, laisser aller.

Elle continuait de s'occuper de la maison, de préparer les repas. La maison, c'était le domaine réservé des femmes, le seul que les hommes leur permettaient de diriger, parce que ça les arrangeait bien. Elles n'avaient d'autre choix pour exister que de s'imposer dans ce monde restreint, puisque celui des hommes leur était interdit. Les femmes, elles, ne paradaient jamais sur le pont du navire, elles étaient à fond de cale, dans la salle des machines, occupées à alimenter les chaudières, afin que les moteurs ne tombent jamais en panne. À cette époque, ça fonctionnait encore ainsi, et il ne serait venu à personne l'idée qu'il puisse en être autrement.

Après l'école primaire, Juliette fut admise dans un collège situé à une trentaine de kilomètres des Herbiers en tant que pensionnaire, ainsi que l'avait souhaité Anna. Elle détesta cette bourgade fortifiée bardée de murailles et de tours au pied desquelles les promeneurs s'extasiaient. Juliette n'y voyait que le symbole d'une opulente tristesse. Elle détesta aussi cet endroit, car il marquait l'éloignement d'avec sa mère, d'avec son enfance, la fin d'une époque plutôt que le début d'une autre.

Le directeur était d'une extrême sévérité, ne tolérait pas le moindre manquement à la discipline. Juliette était très rigoureuse et obéissante. Elle se mit à étudier sans relâche pour moins penser aux Vieilles Granges.

Elle ne rentrait qu'au moment des vacances, par le car, constatant chaque fois l'emprise toujours plus grande de Louis sur son petit royaume. Elle n'avait même pas encore traversé la cour qu'il apparaissait, sortant de la grange ou de l'étable, lui commandant déjà d'exécuter un travail sans délai. Les dix années qui la séparaient de son frère, en plus de l'absence d'un père, avaient instauré un lien trouble entre eux, un lien dont il profitait sciemment et qui la conduisait à se soumettre à cette autorité masculine. Marie attendait qu'il s'éloigne pour embrasser sa fille : « On ne le changera pas. Laisse-le dire ! Viens poser ta valise et manger quelque chose ! »

Les habitudes du cœur revenaient vite. Le bonheur de se revoir faisait couler quelques larmes. Elles prenaient soin l'une de l'autre, avec la distance qui incombe aux gens d'ici. Juliette secondait sa mère en tout. Lorsqu'elles étaient seules, Marie parvenait à se confier un peu, avec beaucoup de pudeur, sur ce qu'était devenue sa vie. Elle avait beau se répéter que c'était le meilleur choix pour sa fille, elle souffrait terriblement de son absence. Depuis la mort de Clément, les crises d'eczéma ne l'avaient jamais laissée en paix. De nouvelles plaques apparurent sur sa peau, semblables à des constellations rougeoyantes. Lorsqu'elle dépliait les bandages le soir, ils conservaient l'empreinte de son chagrin, tels des suaires.

Même si Marie savait qu'elle reverrait Juliette aux prochaines vacances, son départ était chaque fois un déchirement. Elle avait conscience qu'une mécanique était enclenchée, une mécanique à deux engrenages antagonistes, l'un entraînant sa fille vers la liberté, l'autre l'entraînant elle vers le vide. Le jour où Juliette quitterait définitivement les Vieilles Granges viendrait, c'était inéluctable. Elle avait fait part de son désir de devenir maîtresse d'école. Marie en avait été bouleversée. Elle avait aussitôt pensé à Sarah Glassmann et raconté à Juliette comment la jeune femme lui avait transmis le goût de la lecture, puis son arrestation pendant la guerre, juste avant sa naissance.

Marie ne savait pas jusqu'où l'envol mènerait Juliette. Elle tentait de se convaincre que Juliette ne la laisserait pas tomber, qu'elle pourrait toujours compter sur elle, même loin de la ferme, qui ne verrait pas cette fille de la terre devenir femme de la terre, pour dérouter une malédiction. Juliette serait femme d'ailleurs, femme autrement, mais reviendrait peut-être un jour replanter ses racines aux Vieilles Granges.

La vie s'écoulait désormais sans joie aux Vieilles Granges. Bébert était mort d'une cirrhose. Raymond n'avait plus le goût de partir seul faire la tournée des bistrots. Il rendait hommage à son ami tous les dimanches, cognant son verre plein d'eau-de-vie contre un autre, imaginant le sourire de Bébert et ses fameuses saillies alcoolisées.

Quelques mois après le décès de Bébert, Raymond découvrit l'existence de vagues cousins. C'étaient eux qui l'avaient contacté. Ils habitaient au nord des Ormeaux, à une douzaine de kilomètres des Vieilles Granges. Raymond prit alors l'habitude de leur rendre visite le dimanche à vélo. Il s'accrochait à cette famille providentielle. C'était inespéré.

Les cousins comprirent bien vite quel avantage tirer de Raymond. Ils se moquaient pas mal de lui et l'accueillaient dans le seul but de lui soutirer de l'argent. Raymond n'était pas tout à fait dupe, mais leur compagnie valait bien quelques billets. Il n'était jamais invité à manger. Il arrivait au mieux pour le dessert, souvent au moment du café arrosé. Les cousins avaient remarqué que l'alcool le rendait plus généreux. Raymond posait des questions sur leur vie, et en retour, ils faisaient semblant de s'intéresser à la sienne, puis coupaient court à la conversation lorsqu'ils avaient empoché l'argent. Ils avaient toujours quelque chose de prévu dans l'après-midi. Raymond roulait une dernière cigarette et l'allumait, avant d'enfourcher son vélo. Il rentrait le cœur plus léger, son portefeuille aussi. Avec le sentiment d'appartenir à une famille, avec qui partager autre chose que le quotidien des Vieilles Granges. La sensation de fabriquer un lien solide, que seul le sang peut tisser. L'illusion de se croire suffisamment important pour rendre cela possible.

Un dimanche pluvieux, Raymond revenait d'une de ses visites dominicales. Les cousins avaient été généreux en pousse-café, et il les avait grassement récompensés. Sa balade prit fin ce jour-là, à quelques encablures des Vieilles Granges. Il fut renversé par une voiture, dans les mêmes circonstances que Clément. Il mourut sur le coup, dans un fossé, sa cigarette toujours coincée entre les lèvres, malgré la violence du choc. De là à penser que l'histoire se répétait, il n'y avait qu'un pas, que Marie ne se priva pas de franchir. Anna s'était en partie trompée. La malédiction dont elle avait parlé semblait frapper tous les hommes sans exception, même ceux qui n'avaient pas pris femme.

Les cousins empochèrent les économies de Raymond, après que l'État eut prélevé sa part. Ils refusèrent de payer ses obsèques, et encore moins d'acheter une concession. Ce fut Marie qui s'occupa des formalités et de régler le tout, avec l'assentiment de Louis. Les cousins vinrent chercher tous les biens appartenant à Raymond. Louis demanda à conserver le fusil de chasse de son ouvrier, en souvenir de celui qui les avait si bien servis. Les rapaces refusèrent catégoriquement sa requête. À la suite de leur visite, il ne resta plus rien du passage de Raymond aux Vieilles Granges, sinon un matelas creusé en son milieu et quelques tas de bois écorcé savamment empilés, brûlés depuis longtemps.

Raymond repose désormais dans le cimetière des Herbiers. Un épi de blé en laiton orne sa pierre tombale. *À notre regretté ami parti trop tôt.*

Marie fut terriblement affectée par la mort de Raymond. Elle se retira dans la bicoque attenante à celle construite par Clément, là où elle était née, là où sa mère était morte, dans ce fauteuil tourné vers la fenêtre qui ne changerait jamais de place. Ce fauteuil dans lequel elle s'assoirait à la tombée de la nuit, tentant de fondre son regard dans la dernière vision qu'Anna avait emportée au moment de mourir.

Dans la journée, elle rendait parfois visite à une amie qui habitait le bourg, veuve elle aussi. Cette femme avait toujours mal quelque part, ou ailleurs. Elle se plaignait sans cesse, à l'inverse de Marie. Elle se définissait par ses douleurs et les maladies qu'elle s'inventait au besoin. Elle partit sans qu'on la crût, lorsqu'elle dit avoir très mal à la tête. À crier trop souvent au loup, vous savez ce qu'on dit.

En dehors de sa fille, Marie n'avait personne à qui se confier, personne dans ce monde-ci. Elle se rendait chaque soir au cimetière, munie d'un arrosoir, d'une serfouette à manche court et d'une brosse. Elle changeait l'eau des vases, aérait le substrat quand il croûtait dans les jardinières, puis brossait le drap de marbre acheté à prix d'or. Une fois qu'elle avait terminé, elle vérifiait qu'elle était seule dans le cimetière et se mettait à discuter à voix haute avec celui qui l'écoutait assurément, et répondait de temps en temps. Elle continuait de l'informer de tout ce qui se passait à la ferme. Cela lui permettait de ne pas trop ruminer ses contrariétés. Le visage souriant de Clément apportait toujours le réconfort nécessaire à son apaisement. Elle savait qu'il surveillait les Vieilles Granges du coin de l'âme. Elle visitait ensuite la tombe de ses parents, puis faisait un détour devant celle de Raymond. Personne, à part elle, ne venait s'y recueillir.

Elle rentrait avant la nuit, préparait le repas pour son fils, puis retournait chez elle tremper quelques châtaignes dans un bol de lait chaud, ou bien un peu de pain. Elle se remit à lire, des histoires de la terre d'ici, qui vaut celle d'ailleurs, des histoires d'avant sa naissance, d'avant les guerres.

Maintenant débarrassée du métier de vivre, elle ne songeait plus à exister. Elle ressemblait aux habitants de ces îles lointaines qui ont banni le verbe « être » de leur vocabulaire. Elle avait le temps de penser, mais ne le prenait guère, le temps aussi de se retourner, mais ne s'y risquait pas, sous peine de s'apitoyer sur son sort. Elle avait retenu la leçon de sa mère, refoulant définitivement les « pourquoi ». Mais, toujours, il y avait la chair à maintenir à vif sur ses bras et ses jambes, pour ne pas succomber aux voyages insidieux de l'esprit.

Dès lors, sa vie devint une annexe de son existence. Elle s'occupait des volailles et des lapins, cultivait le jardin et cuisinait. Elle fleurissait de grands bacs en pierre arrimés à la façade de la maison qu'avait bâtie Clément avec des impatiens, car l'ombre s'y étendait l'après-midi et que les impatiens, ça n'aime pas le soleil trop vif. Marie aussi craignait le soleil et, de plus en plus, la lumière. Elle continuait de s'émerveiller pour la bogue remplie, le chant du pouillot véloce, ou le surplace du sphinx, tant qu'elle y voyait encore suffisamment.

Marie n'était pas comme ces acteurs qui veulent à tout prix mourir sur scène. Elle avait fait son temps sur des planches rugueuses. La coulisse lui convenait. Elle observait ce qui se jouait désormais, sans jamais plus donner son avis sur la manière dont les acteurs interprétaient leur rôle. Cela la démangeait parfois, mais elle résistait à la tentation, constatant que le propre des nouvelles générations était de balayer les souvenirs des anciens. Pour elles, ces souvenirs étaient au mieux du folklore, au pire des leçons à combattre.

Elle en vint à ne plus comprendre le petit monde des Herbiers, et le plus vaste encore moins. Lorsque quelqu'un faisait référence à l'un ou à l'autre, elle l'écoutait comme s'il parlait d'une histoire lue dans un livre, une histoire inventée de toutes pièces, à laquelle elle faisait semblant de croire. Elle était dépourvue d'envies matérielles. Elle se satisfaisait de l'essentiel. Elle éprouvait de la peine pour les gens qui courent après ce qu'ils n'ont pas et qui, dès qu'ils l'ont, cherchent autre chose à posséder. Elle disait que courir est plus facile que marcher, qu'on est ainsi moins souvent en contact avec le sol, moins présent à soi-même. Elle savait de quoi elle parlait. Elle aussi avait beaucoup couru, quand elle s'était noyée dans le travail. Ces gestes que l'on fait pour s'interdire de penser.

Marie acceptait son sort, non par sagesse mais par fatalisme. Elle ne succomba jamais à la colère ou à la jalousie. Elle ne jugeait pas celles et ceux qui en éprouvaient. Elle les fuyait, quitte à paraître impolie, à passer pour hautaine. Sa vie n'était pas différente de celle de beaucoup d'autres. Certaines familles avaient été encore plus durement touchées par les tragédies que la sienne. Comme Jeanne Daumal l'avait prophétisé, il y avait eu beaucoup d'amour dans sa vie. Elle se demanda si, à l'hésitation que Jeanne avait marquée à l'époque, les lignes de la main n'avaient pas révélé le drame futur. Si tel était le cas, elle savait gré à son amie de l'avoir tu. Clément lui manquait comme au premier jour de sa disparition, même si elle ne laissait rien paraître du feu qui continuait d'incendier son cœur. Ce cœur qui battait en retraite sans prévenir, pour mieux repartir au galop.

Le soir, avant de s'endormir, elle se répétait les mots d'Alfred de Musset : « J'ai souffert souvent, je me suis trompé quelquefois, mais j'ai aimé. C'est moi qui ai vécu, et non pas un être factice créé par mon orgueil et mon ennui. » Le feu se faisait alors moins brûlant, s'en allant couver sous les cendres, au moins le temps d'une nuit.

Voilà que s'approche la fin, du moins une fin, celle qui s'est imposée au fil de l'écriture. Je sais combien la musique de l'âme emballe parfois la main, dans quels retranchements elle pousse la phrase qui ne veut pas mourir, qui veut se déployer vers l'infini, sans virgule ni point, comme un feu dans lequel on jette encore du bois pour ne pas qu'il s'éteigne. Oui, je confesse ces emballements qui auront mené ma pensée en des lieux incertains. Je confesse tout. Je ne veux pas être absous de ce péché-là qui n'avait d'autre but que de saluer Marie. Je crois à la rédemption des simples, au flux de conscience qui grandit la vérité. Je crois en ces lieux incertains, souvent obscurs, que seul peut éclairer le verbe. Je crois au sacre de l'hiver dans nos âmes déchues. Je crois à la symphonie de l'intime composée par nos plus grands chagrins. Je crois à la beauté des marches funèbres qui accompagnent chaque berceau de bois dans le jardin des morts.

Je n'ai jamais songé à arrimer l'histoire de Marie à celle de ses enfants. Il me faudrait convoquer toutes celles et ceux qui contribueraient à la diluer dans les eaux troubles d'autres destins que le sien. Je n'ai pas encore la distance nécessaire pour me prémunir de mes propres préjugés, bien pires que les pires mensonges. Il me faudrait parler du lourd tribut d'une solitude prématurée, qui semble accabler les femmes des Vieilles Granges. Il me faudrait parler moi aussi de malédiction, mais c'est une autre histoire, et je ne suis pas prêt à la raconter. Peut-être un jour, peut-être jamais. La seule vérité qui m'importe en cet instant est celle de Marie. Marie, je la veux grande. Je la veux grande jusqu'au bout.

Je garde son sourire, ses mains enfarinées, ses doigts enquenouillés par trop de souvenirs, ses gestes toujours précis, même quand ses yeux en vinrent à la trahir, les mille manières qu'elle avait de dire je t'aime avec les restes de la veille, son ombre dérisoire lorsqu'elle se voyait contrainte de traverser la cour en plein soleil, ses lèvres sur mon front échauffé par la fièvre, son regard parfois perdu dans un autre, les « r » qui roulaient dans sa bouche comme de l'or au fond d'une rivière. Je garde ses leçons de vie, sans qu'elle eût jamais l'intention de les enseigner. Je garde tout cela, et bien plus encore.

Bien sûr, le monde s'enflamma de nouveau, très loin des Vieilles Granges. Un président fut assassiné sous l'œil de la caméra, on marcha sur la Lune, on fit de grandes choses pour l'humanité, qui ne réussirent jamais à contrebalancer les pires abominations qu'on avait pourtant juré de ne pas reproduire. Bien sûr, il y eut de multiples bienfaits de la modernité. On n'avait alors pas conscience de toutes les formes d'asservissement qui en découleraient. On s'occupa de remplir les vies par de petits vertiges sans lendemain.

Ainsi, l'image sur l'écran remplaça le regard voyageur. On en vint à ne plus regarder l'autre, et encore moins le chêne dans le fond du coudert.

Bien sûr, la mélancolie m'aura parfois conduit à embellir cette époque où rien n'était facile, où rien n'était acquis. Bien sûr, les saisons défilèrent, il y eut de grands froids, de grandes sécheresses, de grandes peines, de grands bonheurs, et de petits événements sans grandes conséquences, que la mémoire se plaît souvent à oublier et parfois à recomposer. Bien sûr, il y eut de grandes tablées dominicales aux Vieilles Granges, aux Grillères et à La Roche, des mariages, des naissances et des morts, des repas de batteuse, des bals, des fêtes foraines et des feux d'artifice. Bien sûr, des arbres s'élevèrent plus haut que le château d'eau, et d'autres furent arrachés. Bien sûr, des rivières quittèrent leur lit en hiver et s'asséchèrent en été. Bien sûr, il y eut de belles récoltes et de piètres cueillettes, de bonnes cuvées et aussi des piquettes. Bien sûr, le vent du nord attira de lourds nuages menaçants, et celui du sud les mit en fuite. Bien sûr, de violentes bourrasques écaillèrent les toits, et les pluies décharnèrent les murs. Bien sûr, des vies germèrent et s'éteignirent, sans parfois avoir bougé d'un pouce. Bien sûr, le temps fit danser les saisons et en effaça le passage, comme un fuyard balayant le sol à l'aide de broussailles pour masquer ses traces. Bien sûr, de nouvelles inventions virent le jour, et d'anciennes resurgirent de l'oubli. Bien sûr, il y eut des airs nouveaux et de vieilles rengaines. Bien sûr, des femmes se firent belles et foudroyèrent des hommes parmi les herbes folles. Bien sûr, le jour succéda à la nuit, et le silence à des sons familiers. Bien sûr, il y eut des gens pour raconter ce dont ils avaient été témoins, mais aussi ce qu'ils n'avaient pas vécu, élevant les histoires au rang de mythes et de légendes. Bien sûr, il y aura toujours des tombes à fleurir, et d'autres à creuser. Bien sûr, le monde poursuivra sa course vers un but qui nous échappe. Bien sûr qu'il y aura tout cela. Bien sûr. Mais il manquera à tout jamais un regard, une voix, une présence discrète, qui traversent ces pages. Quelques heures fragiles couchées sur le papier. Le temps de vous parler de Marie.

Quand sa petite tête a roulé sur l'oreiller et que je l'ai crue morte, j'ai vu son regard aveugle s'emplir de stupeur, et nullement de peur. Si elle avait pu parler à ce moment-là, je crois qu'elle aurait dit : *Voilà, je suis prête, mon petit. Tout cela a assez duré. Je n'ai pas besoin d'être sauvée, je n'en ai pas envie. Quelqu'un m'attend depuis longtemps. Je suis enfin en paix.* Si elle a désigné le pilulier, c'était pour que je n'assiste pas à cela. Si elle avait été seule à ce moment-là, elle serait entrée sans résistance dans la grande nuit. Aux Vieilles Granges, on n'a pas l'ambition de vivre plus que son compte, encore moins une femme. On ne crie pas au loup, on se jette dans sa gueule, quand il veut bien de nous.

Marie était ma grand-mère.

Au moment où elle mourut, je me demande si sa vie lui est apparue en une image fixe contenant tout, l'entier de son existence, le grand et le moindre à l'intérieur du même cadre, le plus petit détail élevé au rang d'essentiel, ce que, dit-on, la pâte de la mort fige dans le regard du mourant, le moment où il comprend qu'il emporte avec lui le chemin et la fin. Je me demande si en un tel moment,

Marie s'est réconciliée avec Dieu, ou si elle Lui a fait payer son inconstance jusqu'au bout en se tournant du côté des ténèbres, si elle a concentré son âme pour faire basculer la fresque monumentale de sa vie dans le néant, où plus rien ne devient.

REMERCIEMENTS

Merci à Véronique Ovaldé, pour son professionnalisme, pour la justesse de ses propositions, et pour nos longues digressions littéraires.

Merci à Anna Pavlowitch pour m'avoir fait comprendre avec beaucoup d'élégance que le moment était venu de parler de Marie.

Merci à Florence Godfernaux pour son enthousiasme à la lecture du manuscrit, et pour son accompagnement sans faille.

Merci à Stéphanie pour la pertinence de ses remarques, pour son exigence, pour avoir dégoté cette magnifique photo de Dorothea Lange, et aussi, pour tout ce qui ne s'écrit pas.

DU MÊME AUTEUR

VAGABOND, Écorce, 2013 ; Le Livre de Poche, 2019.

GROSSIR LE CIEL, La Manufacture de livres, 2014 ; Le Livre de Poche, 2016.

PLATEAU, La Manufacture de livres, 2016 ; Le Livre de Poche, 2017.

GLAISE, La Manufacture de livres, 2017 ; Le Livre de Poche, 2018.

NÉ D'AUCUNE FEMME, La Manufacture de livres, 2019 ; Le Livre de Poche, 2020.

BUVEURS DE VENT, Albin Michel, 2020 ; Le Livre de Poche, 2022.

L'HOMME PEUPLÉ, Albin Michel, 2022 ; Le Livre de Poche, 2024.

PUR SANG, Phébus, 2023 ; Le Livre de Poche, 2024.

ÂPRE MONDE, Phébus 2024 ; Le Livre de Poche, 2025.

Retrouvez toute l'actualité des éditions Albin Michel
sur notre site albin-michel.fr
et suivez-nous sur les réseaux sociaux.
Instagram : editionsalbinmichel
Facebook : Éditions Albin Michel
YouTube : Editions Albin Michel

Composition : Nord Compo
Impression : CPI Firmin-Didot en août 2025
Éditions Albin Michel
22, rue Huyghens, 75014 Paris
www.albin-michel.fr
ISBN : 978-2-226-46574-0
N° d'édition : 24623/02 - N° d'impression : 185196
Dépôt légal : août 2025
Imprimé en France